青森文化

現代香港詩之

詩詞能啟思遠道
相邀共看想正途

曾玉美 著

序

花甲將至，將翻人生另一頁的我，訂下了很多退休後工作計劃和目標，當中第一項目標，便是出版一本自己的詩集。

記得年輕時，我並不喜歡中文科，高中課程沒中國文學科，我無從接觸到中國文學，自然對文學不甚了解，更別説產生興趣。會考中國語文科成績只是中平成績，沒有突出表現。

步入暮年，我身心健康不斷轉壞。隨着生命色彩幻變漸多，我也開始閱讀更多，過程中漸漸喜歡了詩詞，更創作文章和詩詞。我對藏頭詩尤其喜愛，此書便有一千首藏頭詩。

書名也是一首詩：《現代香港詩之「詩詞能啟思遠道，相邀共看想正途」》。

去年聖誕節，我忙碌籌備出版第一本詩集《現代香港詩之「人間清歡品詩香，月照浮生弄清涼」》，同時又想出版一本萬年曆，讀者每天閱讀一首正向詩，由三百六十六首詩引導正向生活。聖誕假期我寫了一千首，它們全部是兩句五言詩，每一首詩都是我的心血，不捨得切割。由於萬年曆只採用三百六十六首詩，其餘六百三十四首詩會被刪除，我深思熟慮後改變初衷，改為出版第二本詩集。

我喜歡寫藏頭詩，此書有一千個情緒和品格詞語，它們藏在詩詞直行第一個字。五言詩詞是有正向意念，我主觀地將每一首詩配了一張相片，詩和相究竟能否完美配合？每人藝術觀點與角度不同，想像力空間也不同，讓讀者自我思考觀察吧！

約廿年前我曾被診斷患有嚴重抑鬱和強迫症，生活的挫敗是透過正向生活而痊癒。現代人生活受壓，意志力被削磨，遇到挫折時會逃避，也想脫離痛苦，忘記要找出生命意義。我希望透過詩詞和相片能夠鼓勵讀者，從而培養強大生命力，勿在錯誤或缺點上自怨自艾，要找出自己的長處和自己的生命意義，改變思維，強化正向力量，正如書名的意思「從閱讀詩詞和看精美相片，能開啟思維，步向遠大光明正向道路」。

關於作者

我是曾玉美，大除夕出世。大除夕是一年終結，也是一年之始，很有意思。所以我的英文名字 May，也取自「尾」的諧音，我相信一年「最尾」亦是最美的一天。我喜愛烹飪創作，寫食評。對美食的熱愛，也推動我參加不同機構舉辦的全港公開烹飪比賽（我在公開組得過兩次亞軍）。此外，我曾受邀撰寫食評文章。除了烹飪，我也喜歡藝術、歌曲、旅遊、運動、研讀中國文化，點綴生活。

自小生於貧窮家庭的我，直到十八歲為止也住在獅子山下的木屋徙置區。獅子山下的童年生活貧困，我們一家人雖然有淚，但亦有喜，我跟爸媽姊弟們同舟共濟，同時寄望「知識可以改變命運」。

我中學就讀慈雲山保良局第一中學，課餘組織了「Electron 群力創」，負責策劃多項課外活動，例如參與社區義工。雖然課外活動非常精彩，但學業成績很差，初中就留過兩次班，這曾令我意志消沉。但我後來意識到，人生路長漫漫，不可以白白蹉跎，就浪子回頭。藉此感謝母校保良局第一中的培育。

中學畢業後，我升讀柏立基教育學院（即教育大學前身），投身教育後仍努力進修，在英國獲頒教育學士；同時我繼續進修，取得美國頒授的國際化妝師文憑。

因為我的學術背景，過去任職三所中學期間，我就分別任教中史和家政科，我亦有服務於香港教師中心委員會，也擔任香港家政學會幹事。在這教育界的經歷，令我獲益良多。漫長的教育歷程中，沙田崇真中學佔了大多數時間，有卅五年之久。我在沙崇生活精彩而豐盛，是前校長葉秀華太平紳士所成全的，她恩深義厚，我一直銘記在心。

私人生活方面，我婚後育有三子女，其後回復單身。我於 2013 年患上癌病，經治療後完全康復。貧困的家庭背景、婚姻的磨練、老朋友去世、交通意外的傷患，還有多年的眼、耳鼻喉和腳患等，雖然聽來是沉重的片段，但亦是可貴的人生經歷，這些構成了我珍而重之的「生命字典」。起落幾番，特別感恩有主同行，恩寵吾命。例如我接受癌病手術後休養期間，竟獲得公開烹飪比賽教師組亞軍，真是奇異恩典！在此亦多謝阿翁與我合組參賽。經過起起伏伏，年屆六十，我終於發掘到自己對寫作的濃厚興趣，希望分享給別人，勉勵大家勿因年齡自設限制，而放棄自己夢想。希望讀者喜歡此書。

最後，我很想讀者給我指正賜教，也希望能夠與讀者互動，可以電郵聯絡本人（ymtsangmay@yahoo.com.hk）。

目錄

一

現代香港詩之
詩詞能啟思遠道
相邀共看想正途

現代香港詩

之

詩詞能啟思遠道
相邀共看想正途

詩思
相想

【註】　此詩藏於上面詩詞中，刪除了第二、三、四、六、七字組合。可直讀或橫讀。

思遠道
想正途

【註】　此詩藏於上面詩詞中，刪除了第一、二、三、四字組合。

詩思遠道
相想正途

【註】　此詩藏於上面詩詞中，刪除了第二、三、四字組合。「相」讀音「想」。

詩詞思遠道
相邀想正途

【註】　此詩藏於上面詩詞中，刪除了第三、四字組合。「相」讀音「雙」。

詞能思遠道
邀共想正途

【註】　此詩藏於上面詩詞中，刪除了第一、四字組合。

詩能思遠道
相共想正途

【註】　此詩藏於上面詩詞中，刪除了第二、四字組合。「相」讀音「雙」。

詩能思遠
相共想正

【註】　此詩藏於上面詩詞中，刪除了第二、四、七字組合。「相」讀音「雙」。

能思遠道
共想正途

【註】　此詩藏於上面詩詞中，刪除了第一、二、四字組合。

二

千個正向行為、品格和情緒詞彙

自在，自得，自由，自信，自豪，自悟，自覺，自主，自治，自律，
自發，自學，自愛，自修，自制，自醒，自滿，自娛，自動，自助，
自行，自家，自立，自新，自處，自若，自勉，自勵，自視，自守，
自謙，自感，自好，自我，自知，自備，自尊，自理，平心，平和，
平凡，平正，平安，平淡，平常，平實，平穩，平靜，冷靜，舒坦，
舒適，舒展，舒服，舒暢，舒緩，隨心，隨行，隨和，隨風，隨順，
隨意，隨緣，怡人，怡心，怡然，怡情，放下，放手，放心，放空，
放開，放晴，放慢，放緩，放膽，放鬆，安心，安全，安好，安定，
安份，安寧，安詳，安樂，安撫，安慰，安靜，安穩，寧靜，靜氣，
溫文，溫和，溫純，溫婉，溫暖，溫馨，悠閒，悠然，悠揚，鎮定，
鎮靜，愉快，愉悦，滿分，滿心，滿足，滿盈，滿貫，滿意，滿溢，
滿載，滿福，開心，開明，開玩，開悟，開放，開通，開朗，開懷，
快活，快意，快樂，快慰，快捷，幸好，幸得，幸甚，幸喜，幸會，
幸運，幸福，喜色，喜悦，喜氣，喜訊，喜事，喜樂，喜愛，喜歡，
喜慶，樂天，樂曲，樂音，樂透，樂善，樂意，樂道，樂業，樂趣，
樂群，樂觀，爽快，爽朗，輕快，輕鬆，輕巧，輕柔，痛快，興建，
興趣，興盛，興學，興隆，興奮，高興，歡心，歡呼，歡笑，歡迎，
歡娛，歡唱，歡悦，歡愉，歡喜，歡樂，歡顏，歡聲，歡暢，歡聚，
歡慶，歡騰，可行，可信，可取，可貴，可喜，可敬，可嘉，可佩，
可愛，可靠，希望，渴望，盼望，願望，前望，喜望，美人，美言，
美名，美好，美妙，美味，美育，美景，美姿，美意，美善，美感，
美滿，美聲，美德，美麗，美觀，美夢，美艷，美譽，美饌，好心，
信心，孝心，順心，敬心，愛心，齊心，興心，關心，英才，英烈，
英姿，英偉，英傑，英豪，英俊，英勇，英明，英雄，同行，同伴，
同盟，同仁，同等，同慶，同德，同路，同喜，同聲，同義，同道，

同理，同情，尊心，尊重，尊師，尊崇，尊榮，尊注，尊貴，尊敬，
尊嚴，仁心，仁安，仁政，仁厚，仁孝，仁道，仁愛，仁義，仁賢，
仁慈，仁德，聰明，聰敏，聰穎，聰慧，勇士，勇氣，勇敢，勇武，
勇悍，勇猛，欣喜，欣然，欣羨，欣賞，欣慰，忠言，忠良，忠烈，
忠勇，忠孝，忠貞，忠賢，忠誠，忠實，忠厚，溫文，溫和，溫柔，
溫順，溫純，溫暖，溫馨，強力，強大，強壯，強項，活力，活水，
活泉，活著，活潑，活躍，才子，才氣，才華，才幹，才智，才學，
才藝，才識，慈心，慈祥，慈和，慈安，慈善，慈愛，慈悲，成器，
成才，成仁，成果，成真，成事，成長，成功，機靈，機會，機遇，
機警，機智，機敏，才力，效力，能力，強力，韌力，潛力，勤力，
動力，友好，友善，友情，友愛，順人，順心，順民，順利，順景，
順治，順意，順暢，獨有，獨特，獨創，獨秀，堅定，堅忍，堅決，
堅固，堅貞，堅守，堅強，堅持，堅毅，堅信，能力，能手，能耐，
能幹，無敵，無私，無悔，無畏，無憂，無慮，無愧，無憾，無懼，
體諒，體恤，體貼，友愛，博愛，親愛，摯愛，關愛，寵愛，智力，
智能，智取，智謀，智育，智慧，智勇，感恩，感動，感悟，感激，
感謝，感歎，鼓舞，鼓勵，鼓樂，鼓掌，勝利，勝仗，勝景，勝任，
熱心，熱烈，熱忱，熱情，熱愛，熱誠，憐心，憐恤，憐惜，憐愛，
憐憫，信任，信義，信仰，信用，信念，信譽，信服，真心，真正，
真理，真愛，真誠，真情，真摯，真言，真相，真話，真實，積善，
積德，積極，積滿，積福，健康，健壯，健談，健朗，讚美，讚揚，
讚賞，讚譽，讚佩，忍耐，忍讓，關懷，關照，容忍，容易，容情，
互助，互信，互補，互惠，互利，互諒，互讓，正義，正直，正心，
正路，正道，正念，正業，正確，寬恕，寬容，寬宏，寬厚，寬大，
寬免，寬和，敬佩，敬重，敬拜，敬意，敬老，敬愛，敬仰，敬禮，

公平，公正，公益，公道，公義，公理，謙和，謙虛，謙卑，謙遜，謙恭，謙讓，守護，守望，守法，守信，守則，守時，守業，守節，守密，和平，和諧，和藹，和解，和睦，和樂，和善，和合，和氣，和順，和談，幽默，幽靜，幽雅，幽香，幽美，幽居，專心，專一，專注，專誠，節省，節儉，節約，謹守，謹慎，謹記，謹嚴，謹防，整齊，整潔，知足，知道，知心，知音，知己，知趣，認知，認真，認罪，認錯，果斷，果決，剛毅，剛強，剛直，剛正，剛勁，親切，親和，親善，親情，創作，創造，創建，明白，明智，明道，明德，明慧，明理，明辨，明察，明賢，明仁，明志，樸素，樸實，勤奮，勤勞，勤儉，勤勉，勤快，勤練，勤懇，敏銳，敏捷，敏慧，盡力，盡心，盡情，盡責，盡職，盡忠，盡義，合作，合群，合理，合力，合法，合宜，合建，合情，進步，進取，進修，耐心，耐性，耐力，耐勞，禮貌，禮讓，禮節，禮教，禮義，靈活，靈敏，靈巧，靈機，朝氣，朝陽，分享，分憂，分擔，承諾，承擔，承受，助人，助益，助學，勞力，勞動，勞心，勞苦，接受，接納，慎言，慎重，慎思，保護，保重，保健，保守，保養，膽量，膽識，效率，效益，效忠，效力，得勝，得救，得益，得宜，得力，值得，奉獻，彈性，饒恕，準確，迅速，周全，付出，負責，環保，捨己，主動，仔細，犧牲，溝通，原諒，原創，原著，原則，原罪，辨識，辨明，辨析，辨證，常識，常規，常綠，常言，年輕，年青，年華，光明，光芒，光榮，光澤，光輝，光譜，光亮，光彩，光景，光鮮，光耀，精心，精彩，精神，精緻，精靈，精美，精英，精確，精準，精通，本質，本能，本心，本事，本領，初心，崇正，崇高，崇敬，崇尚，崇德，崇拜，和平，和藹，和諧，和解，和好，和睦，和合，和樂，和談，和善，和順，和悅，平安，平常，平衡，平靜，平凡，平定，直言，直達，

直率，純樸，純潔，純淨，純真，純正，純白，純美，純良，純品，
頑強，頑抗，立志，立功，立身，立德，立正，立誓，立言，卓越，
卓見，卓立，悅目，悅心，賢淑，賢良，賢明，賢慧，賢達，賢才，
婉言，婉謝，新生，新建，新年，新穎，尚佳，尚志，尚賢，尚真，
誠信，誠懇，誠意，誠心，誠實，誠品，誠摯，誠敬，昌盛，昌隆，
昌平，志向，志堅，志氣，志願，志業，志趣，志誠，志學，志書，
玉泉，玉露，強勁，強大，強壯，強硬，強烈，強勢，強悍，強項，
泰斗，泰安，泰然，思考，思念，思維，思索，思想，思量，思親，
思源，思辨，思慕，思過，利豐，利益，利源，嘉義，嘉許，嘉勉，
嘉獎，嘉祐，達成，達標，達觀，達意，率直，率先，率領，率真，
融合，融化，融洽，融入，融和，融解，融匯，祥和，祥光，祥瑞，
雅樂，雅琪，雅士，雅言，雅興，雅正，雅量，雅觀，朗廷，朗豪，
潔白，潔淨，行善，行禮，行樂，恆心，恆久，恆溫，恆常，太平，
太初，太興，隆德，隆盛，隆昌，麗質，麗澤，麗影，笑聲，笑容，
笑臉，多謝，多元，特別，特色，特質，特快，清澈，清潔，清楚，
清爽，清理，清純，清新，清除，清醒，清淡，清涼，清白，清廉，
清香，加油，加速，加強，加快，減壓，減緩，減省，生活，生命，
生日，生產，生存，生長，生動，生機，浪漫，習慣，聖潔，聖人，
聖賢，聖典，聖明，聖蹟，聖哲，中心，中間，中正，中意，中立，
中視，中和，白日，白天，白玉，記得，記憶，記念，記掛，念舊，
念力，念書，學習，學術，學業，學問，學識，學成，學養，學行，
抗壓，抗災，抗擊，抗敵，抗戰，抗病，患難，省錢，省思，省略，
省事，省力，省掉，爭取，爭氣，爭光，爭妍，爭勝，豪傑，豪華，
豪情，豪爽，豪俠，護理，護航，護法，護身，護養，毅力，毅進，
文化，文學，文藝，文明，文教，福氣，福澤，福音，福利，福蔭

三

千首正何
詩和相

自省己身道
在心已有思

自強堅毅勝
得見金蓮台

自此方知勤
由來髮已白

自笑滄桑客
豪慨滿山關

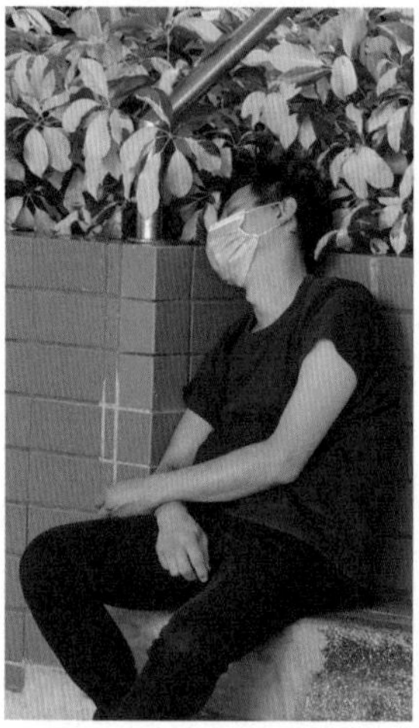

自愧荒廢業
悟得月歲爭

自處寒幽處
覺有同伴踪

自憐杳何處
主愛在人間

自悲性平庸
治之勤奮行

自嗟狂不羈
律管須靜道

自嘆月華逝
學海盡無涯

自念綠環保
愛惜地球生

自知無強處
修身志先行

自喜正向思
信心朝日尋

自惜花雪月
發枝幾艷陽

自言幽默路
娛己又樂人

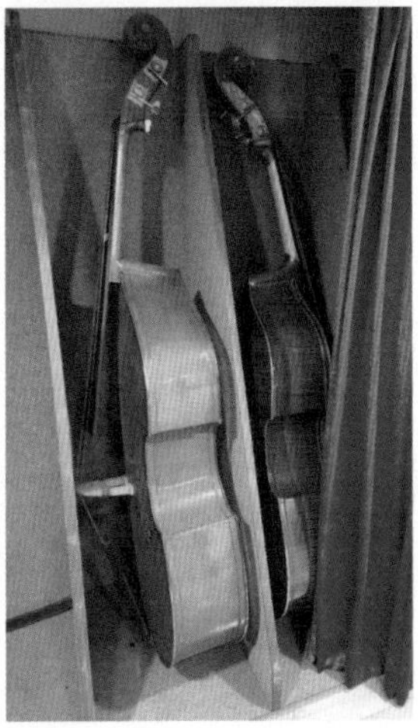

自缺專注心
制勝除煩音

自登浪濤石
醒我跨黃山

自改故惡習
滿笑向前行

自悟書用少
動即勤習多

自應除霜貧
助弱竹成林

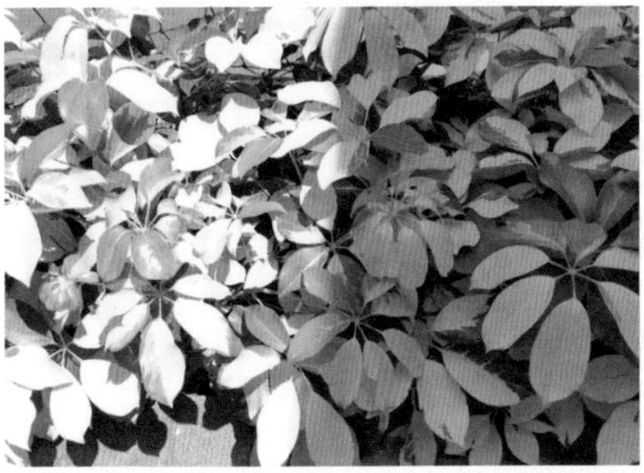

自識劣美善
行樂識陽陰

自君忠孝存
家享樂團圓

自是敦教賢
立鶴鳴人前

自移浪狂妄
新生照輝陽

自開艱苦路
處處聞花香

自尋生命路
若得寶山歸

自欠恆定心
勉勵思堅毅

自約科網樂
勵精勤作業

自觀歷代君
視古為鑑今

自從善如流
守道榮耀全

自恨虛假放
謙遜勿輕忘

自臨幸福泉
感恩千丈峰

自築群團路
知音共里行

自與罪分割

我獨不為惡

自有正向思
好景終常伴

自看風霜降
理真見仁義

自受庭中訓
尊師恆有道

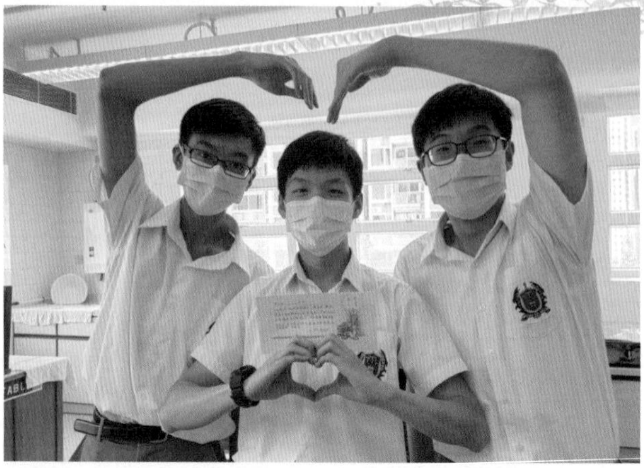

自蹈江山路
備缺增潤之

平生施福澤
心善向羣生

平路思危端
和風暖花徑

平生毋作亂
凡事不違心

平入綠草茵
安享彩霞陳

平生不沾墨
常懷純潔真

平生抱不平
實是笑相迎

平日專注學
穩步上金閣

平湖無風雨
靜看天山雲

平湖尋幽谷
正思向艷陽

平池風日麗
淡泊名利山

舒卷雲隨處
適意天外行

冷眼看塵囂
靜立不同流

舒華麗偉業
展盡爾刻勤

舒揭千萬頁
服拜樂書尋

舒説兒時夢
暢飲笑還春

舒移錯漏習
緩蹈青雲路

隨劍渡暗礁
行道上凌霄

舒幹無造作
坦率性自然

隨馬闖刀山
心堅定勝還

隨雨洗千傷
意淨去萬愁

隨處溢花香
和風入瑤池

隨月出星河
緣雲泛碧波

隨伴意相通
風雨兩並肩

怡少立志高
人定勝天關

隨陽金光顧
順逆流相迎

怡愉平湖月
心清不染塵

怡神困惑襲
然猶聰智長

怡悅皓月伴
情深映星河

放善濟貧寒
手扶得困安

放舟斷腸愁
心廣解無憂

放笑錯失鹿
開路再踏踪

放暢自可樂
慢步人生道

放眼百里望
下有千連山

放袂金玉行
空中彩霞繞

放執任平生
鬆閒不強聲

放盡朗朝暉
晴天麗日歸

安得策周詳
全勝自飛揚

放音怨曲去
緩歌送不追

放義情無改
膽肝照良朋

安無嬌競爭
心平氣人和

安作自為群
份內為思人

安行百里路
好習萬書城

安坐桃花源
定得隱世安

安能時空轉
寧忘舊時寒

安得知己伴
詳知深友情

安貧風骨傲
樂居溫暖蘆

安身正義道
撫心無愧人

安仁慈孝敬
慰親不怠輕

安在風雪雨
靜看簑衣篷

安知勤補拙
穩重入帝城

寧棄珊瑚床
靜愛智慧樹

溫習有恆心
文采勝萬金

溫恭表善情
和風暖入襟

溫語慰藉朋
純誠見風清

溫飽安三餐
婉婉活何難

溫家出仁賢
暖擁忠孝子

悠悠看人生
然燈照命宿

溫道莊重行
馨德爾君子

悠坐賞岸柳
揚帆渡碧海

悠望青天山
閒嘗清泉水

鎮惡除魔杖
定有仁愛帆

鎮懶誘惑間
靜退冷惰顏

愉色臉常存
快活似神仙

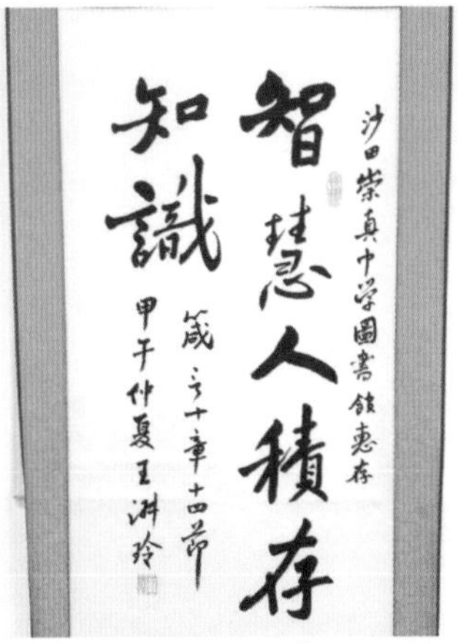

滿園載書香
分得半銅章

滿歷慘風傷
心靈自清涼

靜立俗塵中
氣節智勇通

愉容天地前
悅目賞自然

滿耳忠言語
盈盈記善聲

滿眼困惑題
貫通萬彙齊

滿身有技才
意到英雄來

滿口甜蜜語
載笑明照身

滿盛正向思
足達上瓊樓

滿院寒梅花
溢彩映冬霜

滿門喜慶事
福壽與天齊

開田勤勞作
明日豐盛稼

開徑沉溺兒
玩物漸喪志

開篇誦一詩
悟得勵志事

開軒見高雲
放鳥一冲天

開襟迎迷羊
懷抱幸福鄉

開門見煙燻
心清俗不侵

開啟幽暗天
通明達四海

開從諫如流
朗詠脱千愁

快離寂獨城
活力有讚稱

快哉人心向
意得有民迎

快我品奇珍
樂趣怡窮心

快馬一家書
慰我解鄉愁

快鞭完作工
捷足人先登

幸將勤補拙
會得豐盛餘

幸園溫暖山
好木出良材

幸入義草門
得恩一世記

幸得前人訓
甚思明辨心

幸遇知己者
喜君同耕人

幸得操練勤
運動強健身

幸世有救主
福音拯世王

喜來入廚樂
色香味眾歡

喜閱勵志句
氣強堅忍隨

喜我改善心
訊察檢己身

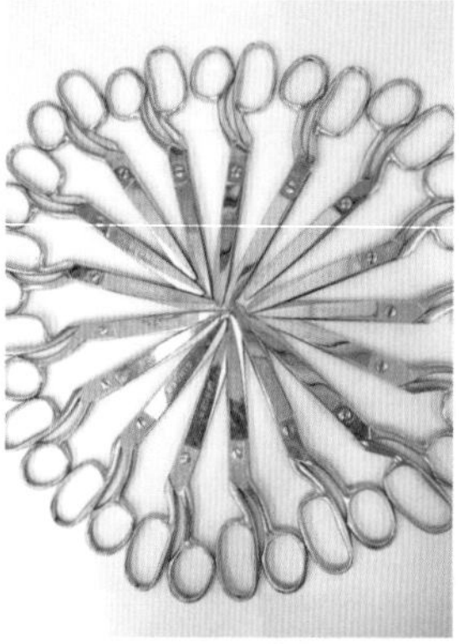

喜剪庸俗語
樂融今始能

喜奏平安音
愛曲藝術深

喜擁寬恕心
歡然有施恩

喜去傷仇客
事過已晴空

喜無品格劣
慶源衰不竭

樂地自由去
天闊任鳥飛

樂止壓冰風
曲終明月上

樂奏鳴知識
音餘繞樑門

喜遇君子客
悅服見禮儀

樂靜無憂谷
透脫去煩雲

樂有節約儉
善理金融財

樂酒友共醉
意趣味相投

樂為模範典
道立眾人前

樂啟宏大志
業繼明日成

樂探理研習
趣駕科技行

樂融師生道
群活校園軒

樂歲除舊去
觀曆又新來

爽氣藏團伴
快劍遇俠君

爽快離盾處
朗悟茅塞開

輕舟渡難關
快馬伴我閒

輕梳煩惱絲
鬆結困別離

輕越烈風下
巧得遇良師

輕語解疑順
柔善克制剛

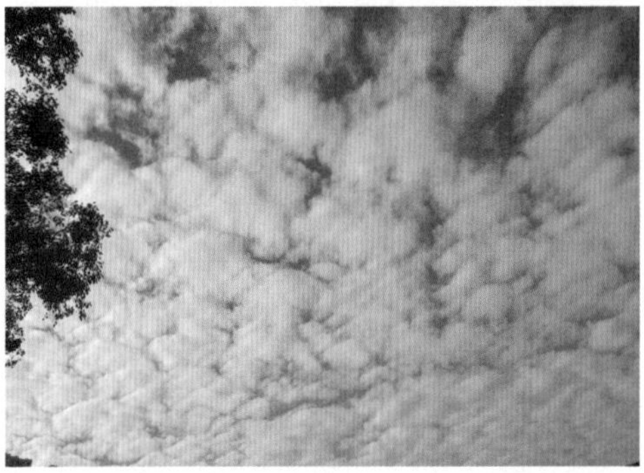

痛思去懶雲
快成堯舜君

興懷鴻圖志
建業有遠謀

興居顧鄰里
趣增各處家

興隨意不窮
盛志劍強弓

興王除垢根
學子翻千頁

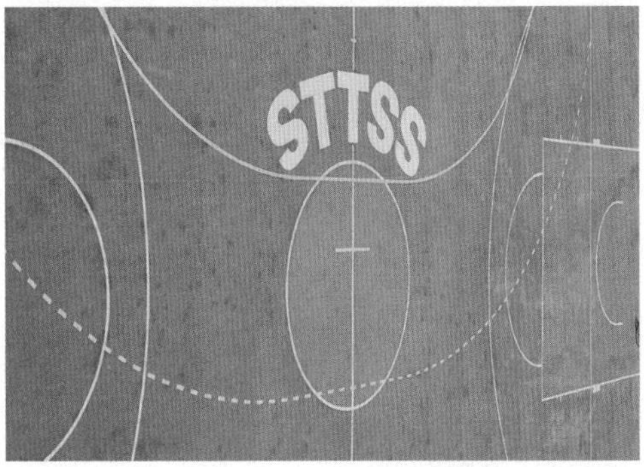

興在青蔥園
隆愛師護全

興亡成王寇
奮發自圖強

高歌頌親恩
興與孝道同

歡作田園客
心為隱士人

歡閒看夕陽
迎風見晚星

歡看隨風舞
唱歌動雲端

歡聽解憂樂
呼天得歲優

歡見明月皓
笑看星河雲

歡享忙中閒
娛樂片刻間

歡嘗茗茶道
悦客更多言

歡獲更生路
愉入勝景城

歡到紅日下
喜親自然林

歡藉灑雨露
樂洗世俗塵

歡然遇故知
顏開念舊人

歡期盡散心
聲興天空吟

歡傳喜鵲來
暢聚翠林去

歡宴當同賀
聚首喝彩聲

歡歸蒼桑客
慶返知家途

歡同結伴人
騰飛青雲影

可使心純正
信實行正途

可憐父母心
行孝敬重恩

可嘆髻斑白
取勤已知晚

可革冷無情
敬重尊卑誠

可登鳳凰樓
喜倍努力修

可沐真誠池
嘉木今可視

可正一丹心
佩服德行真

渴飲智慧水
望入終勝屏

可慚吾疏懶
貴在已立勤

可人品性良
愛心護短長

可救人間苦
靠仁免哭悲

希壽比南山
望松青翠柏

盼斷窮體弱
望得身鋼堅

願多溝通網
望擁效率堂

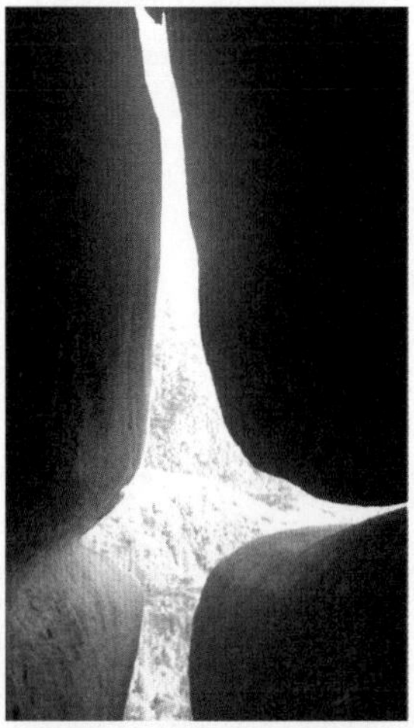

前恨得放懷
望恕洞穴開

喜革自卑心
望增信心行

美貌出塵姿
人艷若西施

美態出塵俗
言談優雅族

美蔭超卓清
名城優化亭

美職高樓月
好工證賢明

美韻金石言
妙曲誠懇語

美食豐衣足
味享人間田

美藝才能佳
育人五行秀

美似堅翠竹
景仰不懼寒

美竹中通直
感為君子言

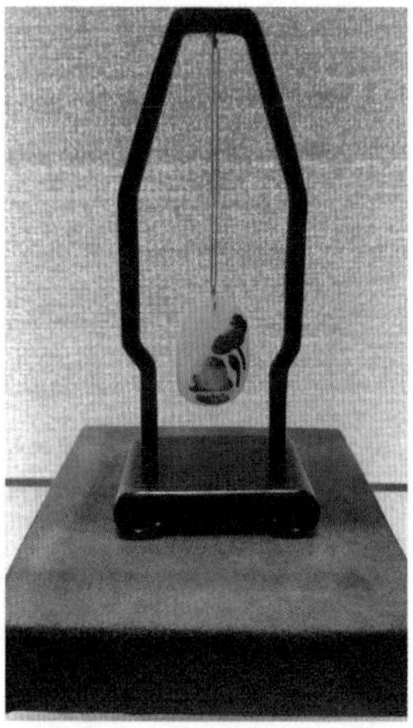

美載和氏璧
滿地融和天

美笛讚師誦
聲遠動心聞

美靈慈愛戴
德仁共追尋

美香書滿架
麗章落吾家

美惡由心作
善良得頌聲

美願宏達志
夢想要堅持

美醜隨歲去
艷活享今生

美行花自芳
譽盛千金黃

美如寒冬梅
姿堅傲骨開

美哉寬大看
觀世朋情多

美景良辰在
意喜吉祥來

美酒共暢飲
饌餚天倫享

好善積功德
心樂透千秋

信任知己人
心眼隨之行

孝順父母真
心記侍親恩

順意不忤逆
心合親相如

敬尊重長輩
心常笑相迎

愛施護弱小
心誠服侍勞

齊結創團隊
心堅鋒利劍

興學亦勤勞
心書萬卷高

關懷奉公益
心熱獻千億

英謀佳智略
才思勝雄君

英雄氣蓋世
豪傑上高台

英威滿百川
偉觀壓山海

英風振長空
勇敢果斷同

英賢好漢子
雄才偉業人

英風恒常在
烈士豪傑才

英萼花艷春
姿秀氣象新

英名昭日月
傑出映山峰

英辭書典記
明德不可忘

英武雄獅勇
俊傑立當前

同心鴛鴦誓
伴行到天涯

同往彩池地
盟鷗齊翱飛

同際江湖夢
仁心敵無關

同燈共相照
等均公平邀

同窗共勤學
慶賀德業優

同城國泰夢
德政民安施

同乘馳騁馬
路踏崎嶇徑

同種憐憫樹
喜捨為人群

同調頌笙歌
聲聞處處响

同耀俠客意
義恩永不忘

同擔友情約
道義責任存

同盡犧牲獻
情真護弱心

尊裏勤認真
心無誘惑念

同船揚風帆
行舟共風浪

同感孤困淚
理人兼理心

尊長禮當然
重叩敬無邊

尊者執教苦
師言不敢忘

尊祖慈訓法
崇高敬佩存

尊看聖賢書
注目心底藏

尊裹人景仰
貴氣朝暮常

尊孝高堂輩
敬奉慈親恩

尊名耀人前
榮華一瞬間

仁智無貪腐
孝廉品清高

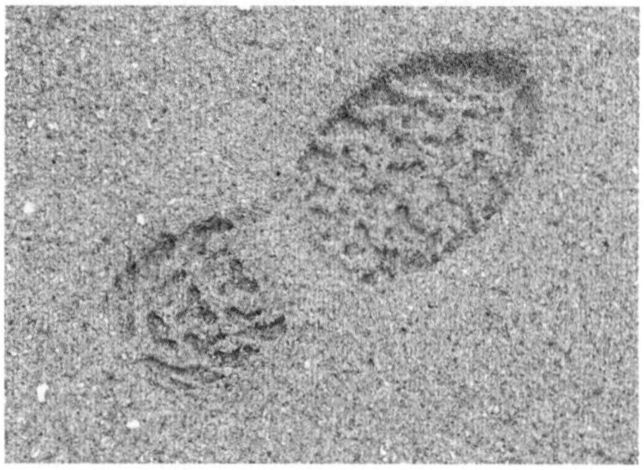

尊前守法治
嚴我自律行

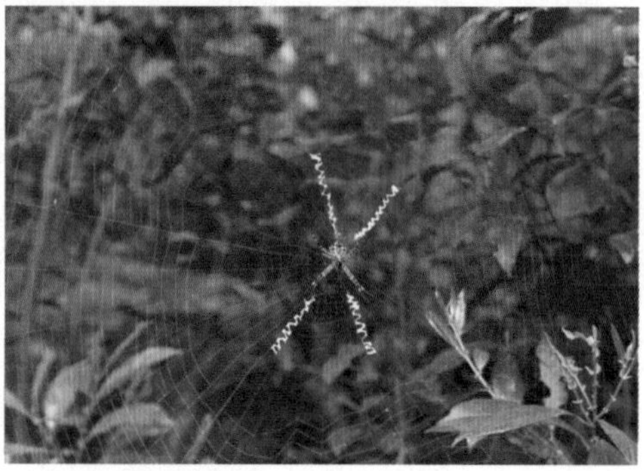

仁者除苛政
心猶向萬民

仁人建康宅
安然福中享

仁君愛譜世
政成天下平

仁無自私念
厚德謙君子

仁心容善惡
道無歧異分

仁立貧富席
愛不分彼此

仁風由愛起
義理定相從

仁聲溫婉訓
慈母愛無遺

仁里互助望
德澤愛鄰台

仁祠有烈風
賢士守護忠

聽訓話遵循
明德照高空

聰明伶俐醒
敏捷靈巧快

聰俊傑出壟
穎脱卓超群

聰哲毅進者
慧劍勇武人

勇對千重山
士者無懼關

勇闖深幽洞
氣概猛如龍

勇智懷仁心
敢言天下事

勇士如雄鷹
武烈上雲霄

勇鋭金剛勁
悍將義丹心

勇懷傲骨石
猛虎不怕敵

欣聞習相近
喜得有知音

欣欣知識悦
然燈照晚書

欣遇隱雅士
羡君脱塵凡

欣見平湖月
賞心閒暇處

欣逢滄桑客
慰懷念蜜語

忠諫導正航
言語無虛巧

忠純潔情真
良士仁義存

忠勤苦學練
勇略有智謀

忠盡人良純
孝養高堂恩

忠士黃金軀
貞心不能摧

忠臣顯大義
賢良願分憂

忠奸殊有別
誠全知善惡

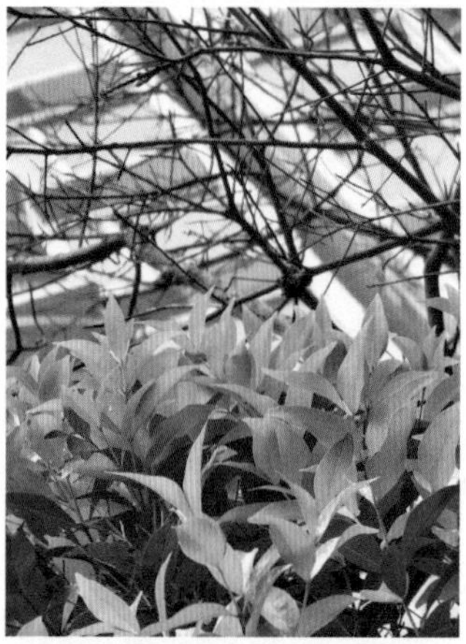

忠至不言誨
實行真摯誠

忠心仁愛重
厚德承師訓

忠驅義雷霆
烈氣江浪濤

溫潤如玉水
柔姿優雅態

溫恭信有禮
文君優風采

溫言慰勉人
和藹君可親

溫良寶玉樹
順心無逆勢

溫敦目鄰和
純品人謙恭

溫陽照冷地
暖日散寒風

溫暖享天倫
馨膳百味珍

強念志堅毅
力戰不言敗

強喚春草醒
大地萬象新

強健勤練功
壯士身不衰

強步保健康
項長身壯軀

活在繁重市
力行萬難移

活國親民事
水澤潤民生

活照夕陽紅

著向燦爛生

活龍翼展翅

躍飛自由空

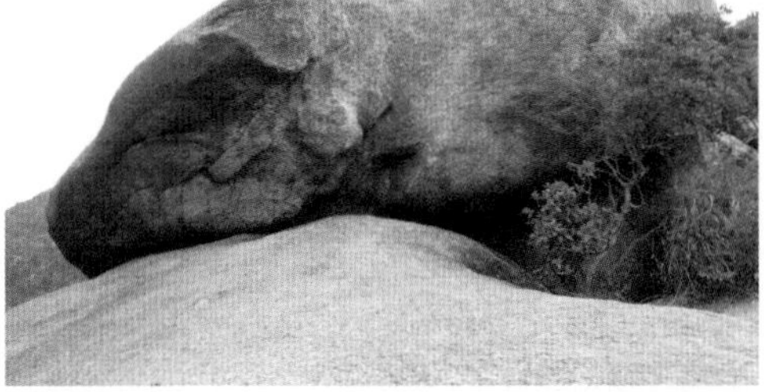

活脱沉默言
潑滅愚笨氣

活抗沙漠旱
泉心滴甘露

才德兩顯赫
幹聳擎天高

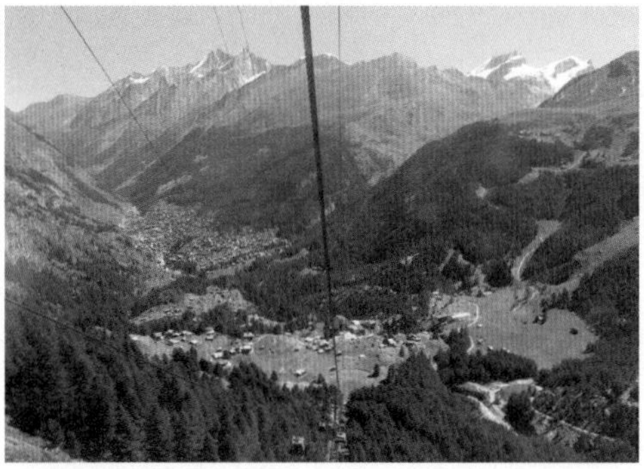

才人信念強
智高明有理

才推妙樂曲
藝術陶冶全

才人苦讀書
識得書卷語

才學修養高
氣振威文壇

才俊學不倦
子知勤有功

慈人體恤語
祥和送春風

慈顏歡樂見
心廣寬憐憫

慈祥天地融
和諧共齊會

慈鳥報親恩
安得反哺心

才優高八斗
華堂無人及

才疏毋氣餒
學海遠無涯

慈泉湧海潮
善施祭於貧

慈親晝夜淚
愛子日夜深

慈明德愛施
悲風起憐心

同盡犧牲獻
情真護弱心

成功刻苦道
才學達嶺峰

成規兼容忍
仁者饒恕人

成功終須有
果勝非得偶

成對天長久
真心毋妄假

成名非一幸
事滿靠周全

成熟見深思
長勝除惡短

成業靠智慧
功滿見人緣

機心果決除
智深裁昏庸

機會連進取
敏捷效率高

機巧萌聰穎
靈鳥詠仁君

機先把握住
會取優勢道

機絲煩紊亂
遇坎擊破之

機輪聲漸逝
警哨喚耐勞

才子識經論
力學人不衰

效忠盡己職
力微風不移

能幹行謹慎

力窮不邀功

強歌復勁舞

力破琵琶音

韌堅強勁枝

力戰雜寒吹

潛龍躍高關

力能勝千重

勤學業有成

力上淩霄亭

動體源由心

力可康健身

友朋胸懷憂
好酒共談心

友入歧異途
善解諒且恤

友共奏雅樂
情重兩心知

友道言無盡
愛比手足情

順流無逆語
人事免相悲

順性無抗敵
心隨意相同

順采別愁怒
景陽離傷悲

順陽朝暉望
暢好映晨光

順柔仁愛策
民享國泰安

順流民眾意
治盛繁華生

順風鵬展翅
意快飛衝天

順途揮戰旗
利劍挫百折

獨自不爭霸
有同表賢崇

獨坐仁義門
特立傲骨身

獨往除頹木
創築美景園

獨闖靈花市
秀氣壓城陰

堅剛聰慧首
定不入邪門

堅石志懷中
忍耐抗寒風

堅坐破浪舟
決起跨曲海

堅壁終亦毀
固難輕鬆刪

堅剛自信建
強根雄樹枝

堅心孝順敬
持留感恩情

堅隨主箴言
信望愛實踐

堅節務誠實
毅力見殊榮

能得自信巨
力學無氣餒

能有壓力舒
手得博士書

堅淨拒污塵
貞誠無改念

能懷衝天志
耐冷不怕艱

無窮筋剛勁
敵退春暖和

能修身勤學
幹強優展才

堅除邪魔道
守法自律身

無留惡劣習
悔悟自省心

無意陷荒蕪
畏途必盡窮

無曲心亦快
憂消樂歡聲

無擋成長夢
愧有自棄心

無貪廉潔淨
私喜盡除荊

無事長傷痛
慮盡靈光現

無扣聰敏意
憾擁自滿心

無禦仁勇士
懼似柔弱人

體賀浪子回
諒懷同理襟

體道妙仁德
恤人順心意

體仁安群聚
貼壁學友親

友朋兩扶持
愛彼共互勉

博望慈忍心
愛之以容烏

親恩泰斗雲
愛盡念感深

摯誼梁祝情
愛深如比翼

關懷抱弱群
愛人護幼苗

寵極樸素風
愛彼純潔人

智者勞筋神
力學專注勤

智賢正向心
能如樂觀雲

智慧有優陜
取道勝景行

智識百花放
謀深必謹嚴

智學五育成
育苗有德勤

智悟道虛妄
慧辨善良知

智照謙遜明
勇退驕傲魄

感親情昭陽
恩深同日月

感君義雲天
動蓋夏暖陽

感事福善施
激曲表揚榮

感泣關愛德
歎讚奉獻情

鼓翼向前進
勵精勤圖治

鼓笛慶喜悅
舞袖起歡騰

感見安慰門
謝守和平城

感慨歲月逝
悟得恬淡然

鼓聲撩決意
樂奏凱旋歌

鼓琴開放曲
掌握享自由

勝果團結深
利榮擁盛金

勝自聰聽訓
仗劍揮愚笨

勝絕頹敗處
景色煥然新

勝跡隨神意
任重道遠施

熱來激蕩漾
心清尋自強

熱解人間冷
烈火禦寒流

熱中聽冷語
忱懇渡風浪

熱畏錯尋覓
情線緣中尋

熱擁立環保
愛護綠茵生

熱散暖社群
誠聚和樂聞

憐垂眾鄉客
心源自愛泉

憐愛長尤在
恤孤慰獨單

憐帳家園設
惜命寬容情

憐蠻多作惡
憫念俗罪人

信實有承諾
義理法常存

信美行平穩
仰首自治行

憐泉溫暖浴
愛海廣無邊

信步出真誠
任從堅守固

信步愉悅行
念我豁朗幸

信誠且謙讓
用心展熱忱

信腳隨律例
礬自守法則

信知智慧文
服膺慈師訓

真水碧潭湖
心如照明月

真火金玉詞
理言高德勤

真定堅永固

愛深天長久

真容友捨己

正心禮讓朋

真覺幸福泉

情親互補足

真境看危難

摯見朋友善

真聽善良篇

言辭盡諫陳

真金百練情

相扶共同行

真境翠綠園
誠如朝陽光

真性頌敬老
話裏尊輩長

真佳緣人際
實效易溝通

積雨潤甘露
善施溫暖貧

積學達晴路
德澤及人群

積功默耕耘
極力求果勝

積勝愁雲霧
滿面沐春風

積蓄金銀施
福善見仁慈

健吃蔬少肉
康寧安自在

健身日恆常
壯士鐵金鋼

健句順心暢
談笑淘幽默

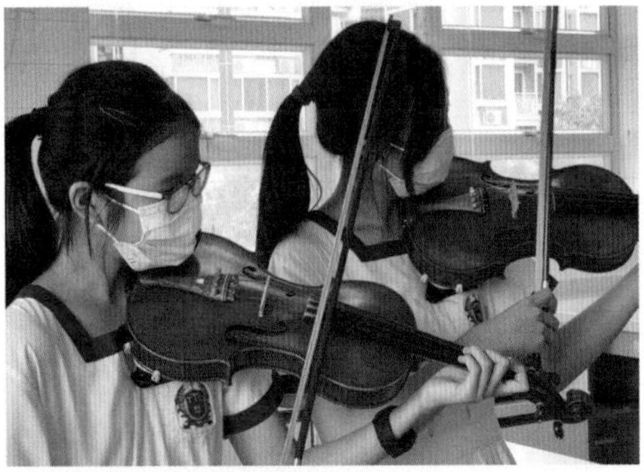

健筆畫樂章
朗詠隨和弦

讚畫性開朗
揚彩比紅霞

讚功禮待遇
賞心享樂事

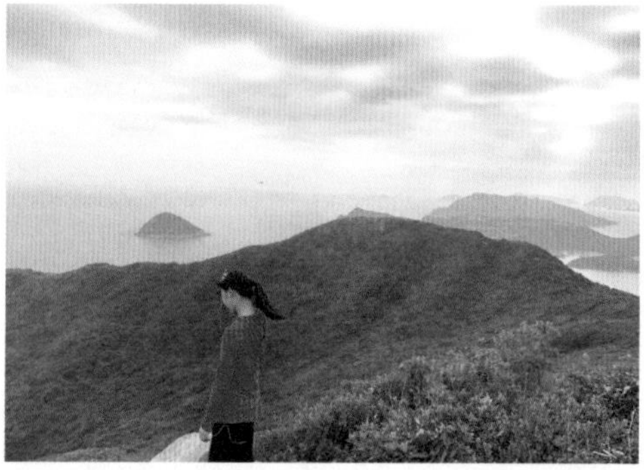

讚生刻勞苦
譽望品學高

讚善賢明慧
佩服人敬仰

忍凍雪侵胸
耐寒抵荊棘

忍能捨銅臭
讓避途自利

關愛滿草廬
懷抱安樂窩

關心挑愛燈
照見松崗月

容得世庸俗
忍雪露風骨

容身繁華世
情中知正路

互勉激勵志
助照同窗明

互訴真摯話
信誠心不移

互笑資平庸
補拙添勤勞

讚詠品聰穎
美言耀春花

容華老鬢白
易覺水流年

互換禮讚衣
惠好共怡然

互聽困惑聲
諒予解脫心

正朝忠厚日
義重蓋雲霄

正持扶溫善
直幹除奸邪

互市有誠信
利澤兩歡欣

互見寬宏襟
讓人海闊天

正揚冠忠烈
心貞無異想

正思勵志君
道擁陽光傘

正好賢淑親
念載思報恩

正成夢想真
業創始膽敢

正心明德真
確實無虛假

寬得海胸襟
恕之仁包容

寬對敵人笑
容顏露輝光

寬散妒嫉霧
宏開止寒霜

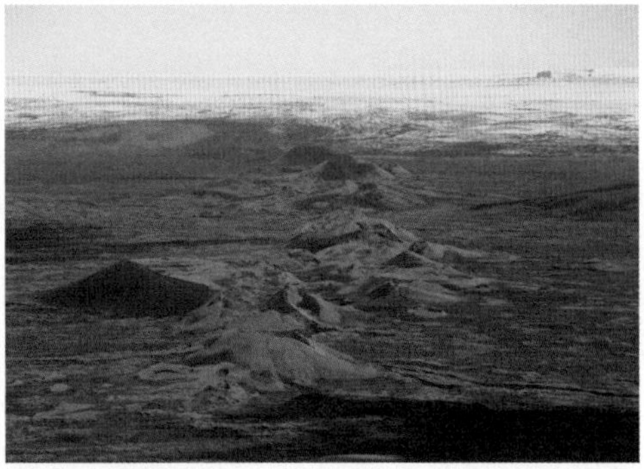

寬敞自省顯
免生愁腸怨

敬效明德君
拜伏嘉賢能

正生活溫河
路享幽美道

寬如寒冬盡
厚德嘗更新

寬作潤春雨
大地降甘霖

寬來自成群
和風散仇雲

敬士不貪銀
重守廉潔城

敬謹忠烈士

佩服節操高

敬讀師訓語
意中表慈溫

敬長表同理
老少共相融

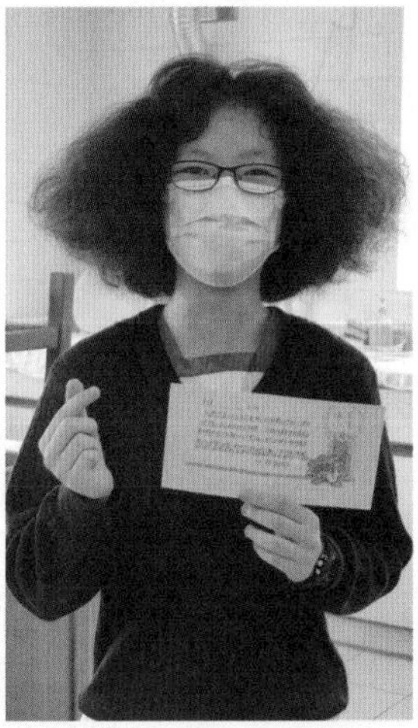

敬念導正向
愛師尊仰道

敬識神降世
仰臥救贖恩

敬事務謙遜
禮貌呈恭謹

公道自在心
平分無偏私

公來坐正亭
正直不曲營

公合把財獻
益遺利為民

公歸屬實航
道勝退懸空

公帶入明智
義訓含無私

公論定智愚
理中無疏親

謙抑制自豪
虛心省自傲

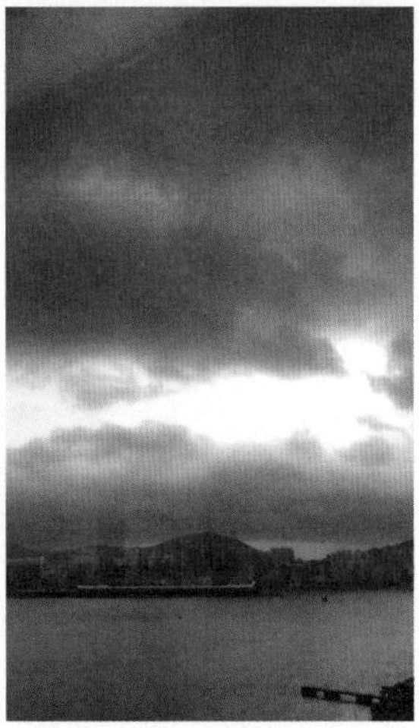

謙終破風雷
和睦雨天晴

謙懷接納廣
卑服不自大

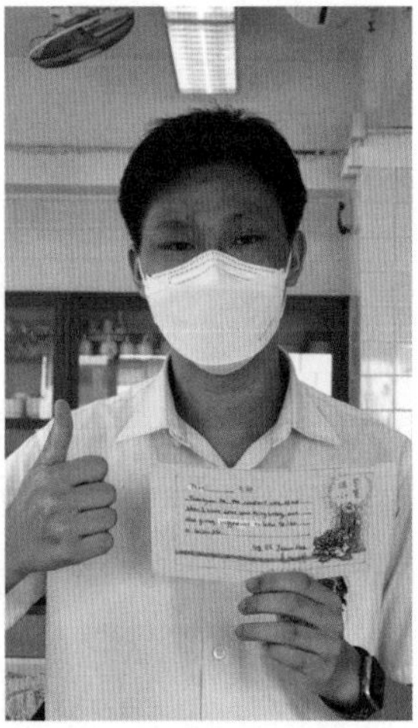

謙哉受教益
遜謝師恩寵

謙謙君子心
恭儉自治省

謙退三尺爭
讓爾賓無妨

守道光無慚
護惜真我知

守歲冬嚴寒
望中正極思

守己言出詞
信諾是千金

守閘定有勤
時序列有恒

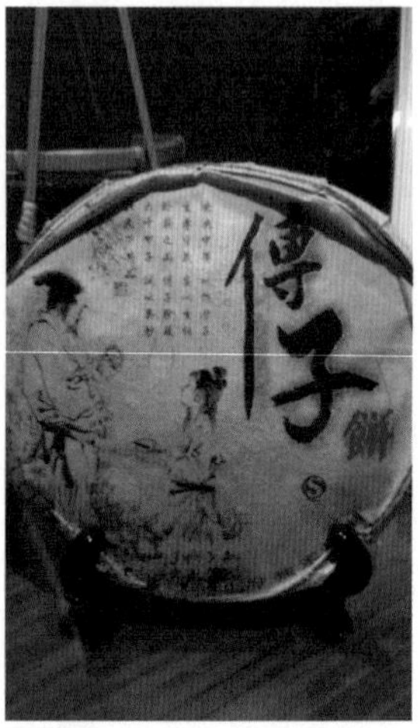

守説宗祠訓
則必刻書經

守城剛勁決
業廣靠親身

守田家除垢
節表堅勇忍

守規心無懼
法律張公義

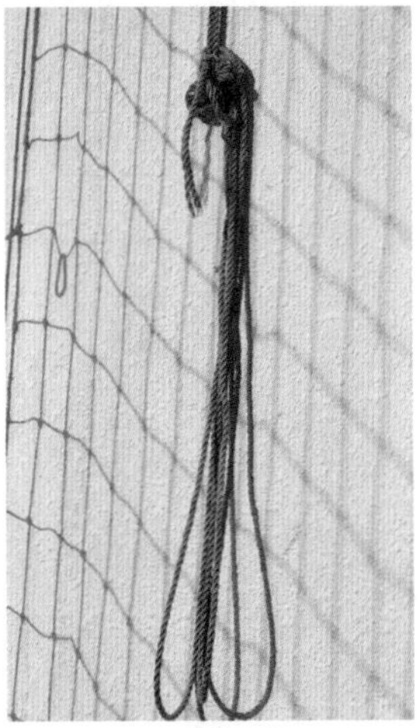

守默契約定
密行保私隱

和陽映秀雲
平湖無風浪

和樂笙歌章
諧音琴瑟響

和月星河伴
藹藹潤輝光

和枝蔓藤生
解結去煩絲

和花草家園
睦親自孝心

和器交音響
樂奏凱旋曲

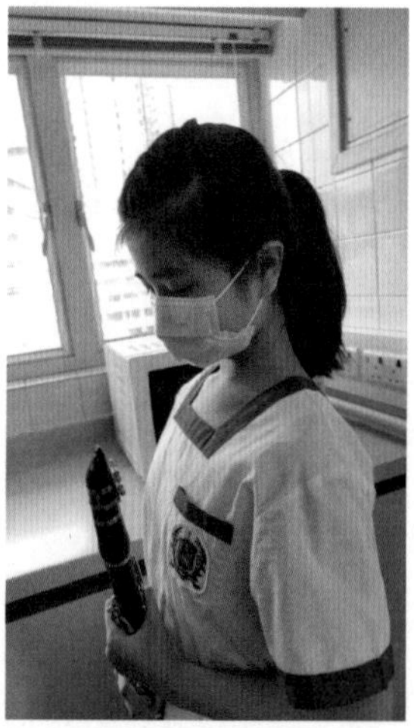

和鳴管告坎
善聽訴衷音

和光華燈照
合掌握同行

和木樹雨淋
氣清淡霧壟

和舟渡靜溪
順流暢航帆

和詞語調深
談話務容心

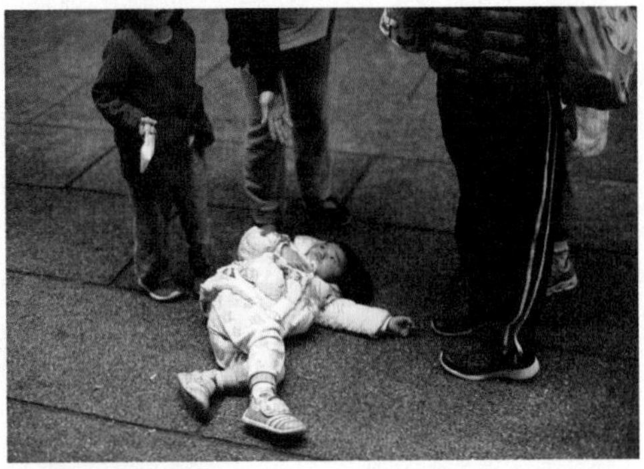

幽明有樂趣
默然笑語輕

幽蘭溫潤宅
香散退俗民

幽園群友醉
美景共聚朋

幽潔不隨俗
居在桃花林

專於學業層
心無繁雜痕

幽尋純良君
雅淡勝人群

幽懷自新道

靜思路無憾

專情連理根

一意無異心

專求掛金榜

注目學業望

專征盼龍漢

誠身靠志君

節制不躁狂

省事生活安

節物不奢華

儉樸無腐化

節堅出塵俗

約束限縱欲

謹身持法則
守規章自律

謹言知敬道
慎行識禮尊

謹勿忘節制
記取尚謙卑

謹當鞭自強
嚴己猶不忘

謹學毋自廢
防敗先用勤

整治修養心
齊家立志身

整頓淨靈光
潔白朗皓月

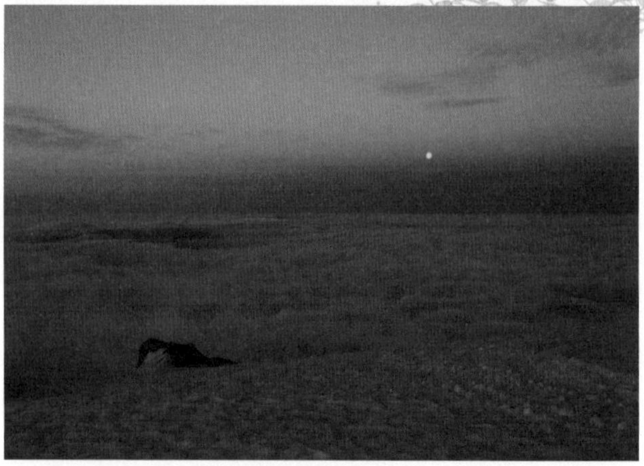

知沐幸福園
足以滿溢躺

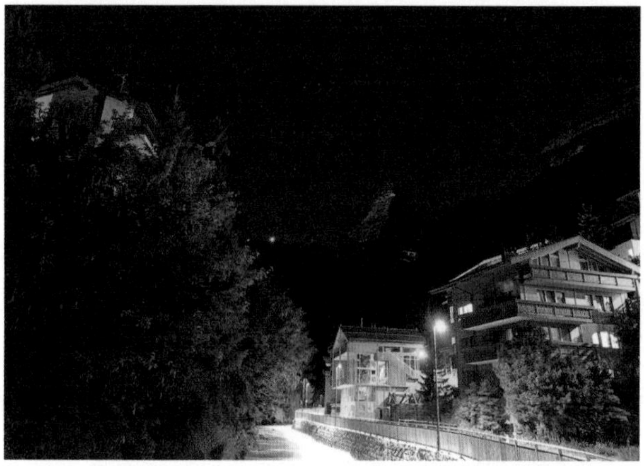

知我莫若你
己惜友誼真

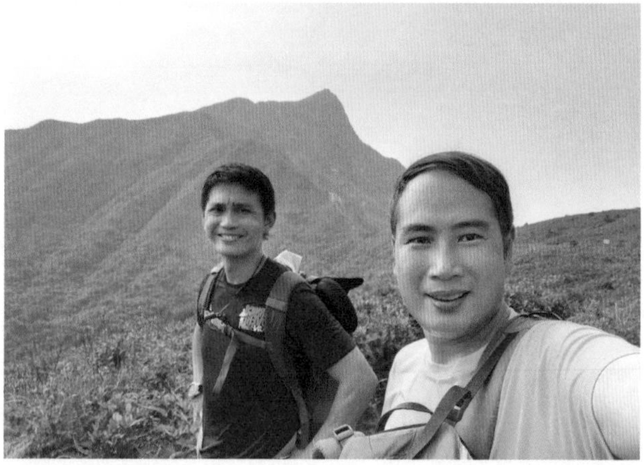

知得意相投
心緣一線牽

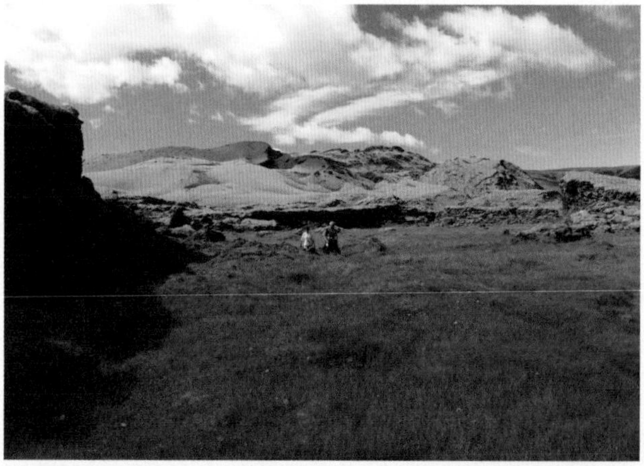

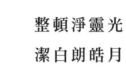

知是師慈訓
道典有智理

認路標正生
知是向朝陽

知曲舞飄揚
音起雅共賞

知處鍾情行
趣駕伴同盟

認取開朗聲
真堪以樂稱

認神一救主
罪得以赦免

認取自悔過
錯教浪子回

果行剛強生
斷除耐弱根

果行身操練
決除病志堅

剛風膽不怯
強悍振武威

剛嚴不折曲
直言詞不諱

剛志向雲峰
正氣昭日月

剛似龍虎嘯
毅然雄姿立

剛中外直通
勁節如竹筒

親築愛城池
切切得溫馨

親灑愛柑蜜
和露潤枯枝

親體共伴行
善解沉痛魂

親恩比江海
情深血脈濃

創寫詩書曆
作文賦傳情

創業殊不易
建立意夢章

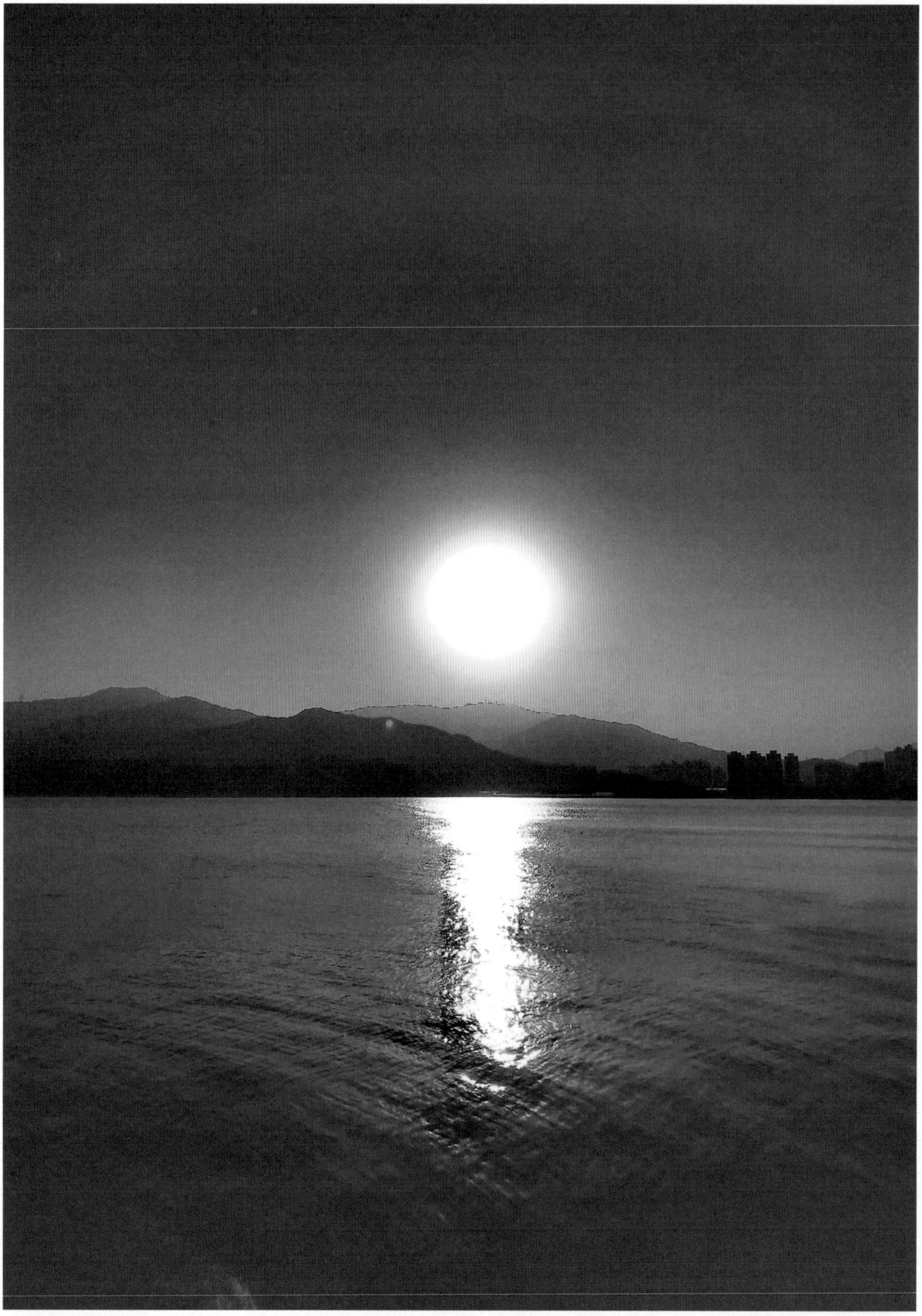

創世主真神
造物奇妙韻

明媚朝氣升
德盛滿四興

明月照心莊
白靈勉詞藏

明珠吐美善
智士悅德才

明入刻苦園
道勝擁嘉花

明淨去庸蕪
慧至敬尊道

明潔不受阻
理道親歷之

明看真假面
察言兼觀色

明鏡照正心
辨分仁善惡

勤心除惰性
勞力己盡誠

明堂展勇義
賢者上忠台

明窗善影開
仁者捲簾來

明發剛強弓
志士敗頹難

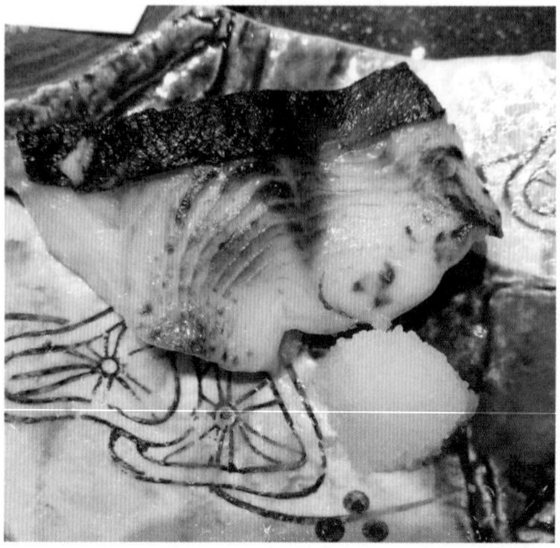

樸風容節儉
素餐毋虛浮

樸厚敦純潔
實幹而不華

勤勁沖天志
奮飛雲中霄

勤修學務實
快讀自策鞭

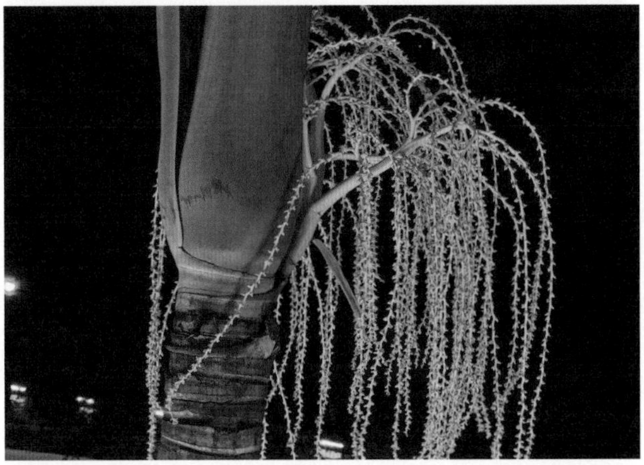

勤來翻過跡
勉勵自更生

勤披樸實衣
儉約省奢華

勤耕樂播種
練習創毅果

勤防玩物喪
懇向專注門

敏思仔細旅
銳精謹慎隨

敏若雷閃電
捷足登高行

敏手埋苦練
慧心佳績見

盡朝理想去
力戰夢裏追

盡日賞秋江
心醉自滿腔

盡道風雨行
情重友愛天

盡施耐能力
職願為犬馬

盡滅叛逆亂

義在胸懷安

盡放自治線
責務周詳前

合歡人際樂
群英同相迎

盡敬英雄士
忠烈表丹心

合是同心人
作伴把臂行

合種仁安樹
理性美果存

合爭鋒銳器
力抗弱粗疏

合妨墮罪網
法律當遵循

合眼望更新
宜適切向前

合掌互諒助
建立團結獅

合緣年少遇
情長同窗誼

進學勤業向
步上喜慶台

進步思耐勞
取勝自無窮

進賢去陋習
修身嚴養性

耐冷憐中生
心念慈包容

耐得品強韌
性卻抵頑劣

耐久艱難深
力衰未放棄

耐慣平靜心
勞生毅進精

禮主謙恭敬
貌親切近人

禮度寬千尺
讓人謙萬丈

禮上孝宗師
節下當守循

靈心先驅看
活脱刻板呆

禮優傳溫慈
義重建順心

靈旗揚清風
敏捷快閃空

禮法藏經言
教裏知明德

朝日晴朗天
陽升曙光艷

靈光照長空
機警覺四方

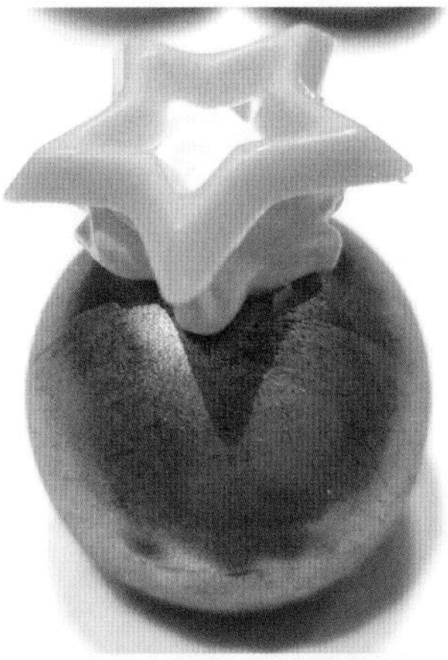

靈潤滋養身
巧手奪天工

朝暉艷麗天
氣勢猛如虹

分與知己中
享樂共友同

分工群體作
擔責見輕盈

分流去惆悵
憂散愁苦容

承明思遠道
受命勇闖高

承志言不變
諾許值千金

承恩情同盟
擔家築愛園

助解風浪愁
人間有暖流

助修紀綱誌
益智飽愚昏

助君成達賢
學子刻辛勞

勞生勤練書
力學探求知

勞苦展筋骨
動體力要恒

勞尋孝報恩
心細獻親人

勞身歲月去
苦樂命隨雲

接引導英明
受益增我思

慎勿耗光陰
重歲逝不還

接物從寬仁
納諫善更新

慎欠體恤音
言苛損友誼

慎莫輕蔑決
思量取勝方

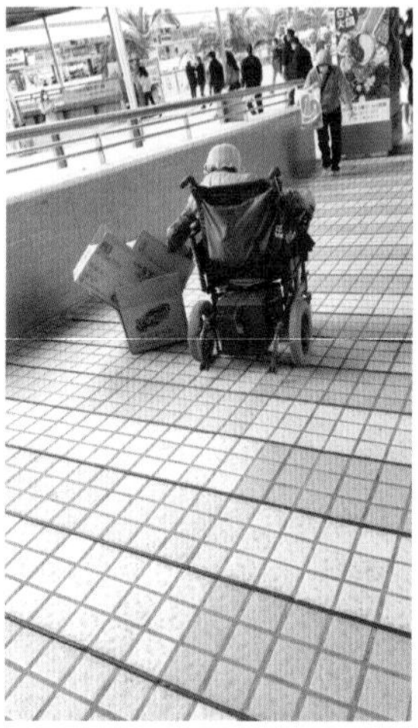

保心施福善
護弱濟助貧

保暖免寒侵
重裘裹厚衣

保餐菜多肉
健識養益生

保家護庭園

守衛故鄉池

保康寧有道

養命於樂廬

贍上隨冷靜

識得去怯懦

效績策馳驅

率先奮發行

效靈敦慈聲

益感受教誨

效職金堅石

忠盡己義務

膽壯英豪氣
量大定驚心

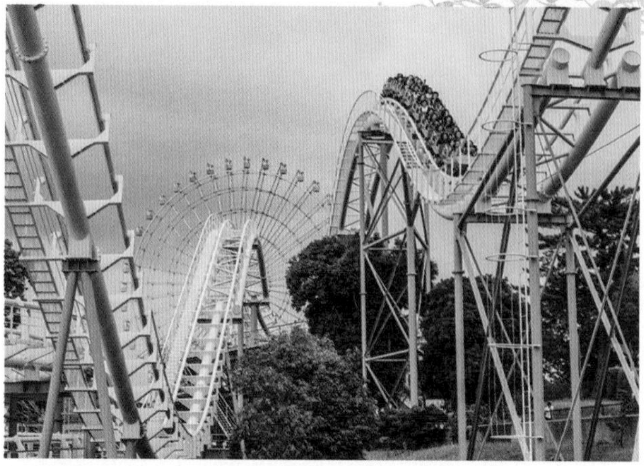

效意遇知恩
力耕報答心

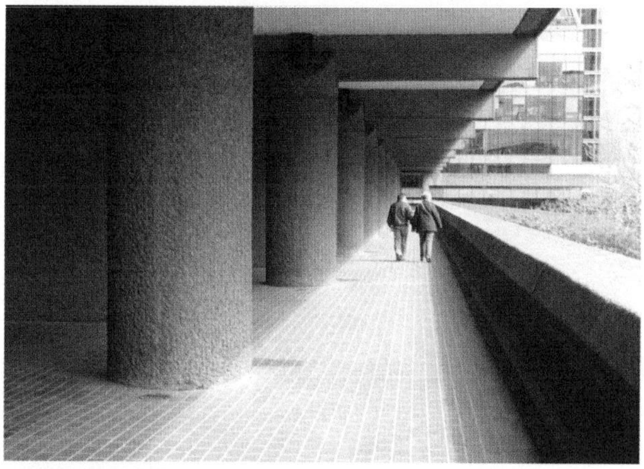

得意成功滿
勝奏凱歌哼

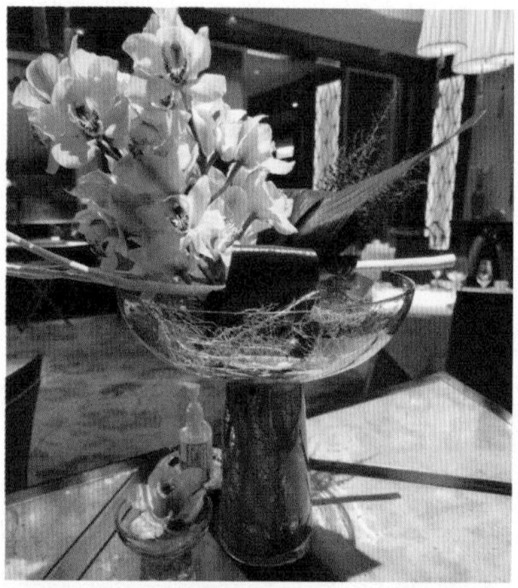

得贖罪惡身
救主神降臨

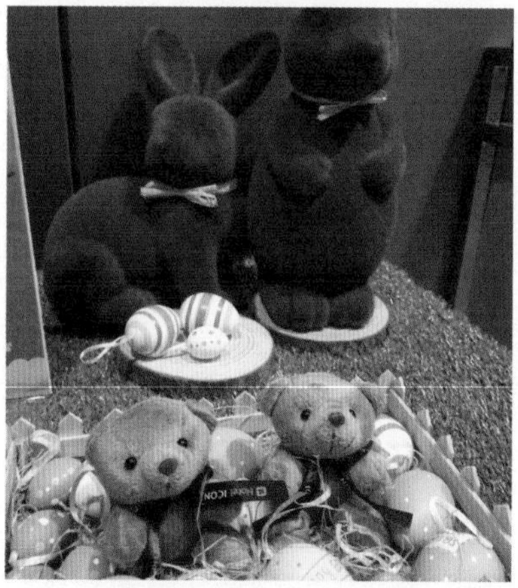

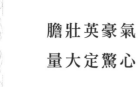

得習春風草
力復自休耕

得趣減煩擾
益壽福澤全

得靜樂無壓
宜簡從安逸

值登毅力峰
得獲狀元紅

奉身服務群
獻誠懇切真

彈出剛柔面
性情軟如綿

饒人海量涵
恕過無仇恨

準備事周密
確信值萬金

迅雷行事快
速戰如激流

周遊習文化
全掌視野花

付現純潔意
出塵無垢埃

負約悔有悟
責任須認真

環林山翠綠
保此天然青

捨利心無憾
己願為人群

主張持謙卑
動息從融和

仔肩擔承諾
細心幸有君

犧尊賢降貴
牲羞志不卑

溝聲互諒解
通得障礙除

原不納錯漏
諒有愛憐恤

原得意念鮮
創始好設計

原文優編章
著作有經論

原道見公正
則知不偏倚

原上神恩典
罪身已得救

辨分正對錯
識律遵法行

辨知少壯懶
明日悔難追

辨口尋根問
析疑解惑困

辨悟人哲理
證我步坦途

常互助守望
識懂睦鄰里

常談治安念
規距務必從

常護愛地球
綠化且環保

年年如花豔
輕雲麗無霜

常懷承諾金
言出定必行

年深鬢斑白
青春瞬即逝

年光抱劫灰
華鬢見風霜

光武刻辛勤
芒生金劍士

光風拂面濃
澤我去污襟

光照忠義人
亮節閃爍金

光潤人磊落
明月來相照

光景何時再
榮枯毋念掛

光映純樸情
景清美善良

光宗耀家風
輝煌耀紅日

光散妙藝林
譜曲聲韻香

光搖心慈舟
彩旗凱旋航

光陰難磨志
鮮明顯毅堅

光輝映親恩
耀德盡永恆

精靈慎重建
心思慮細密

精思姿歲月
彩筆繪命圖

精誠信靠神
靈修日讀經

精究深藝術
美煥兼絕倫

精力苦經營

緻密優異作

精義人敬仰
英雄好漢子

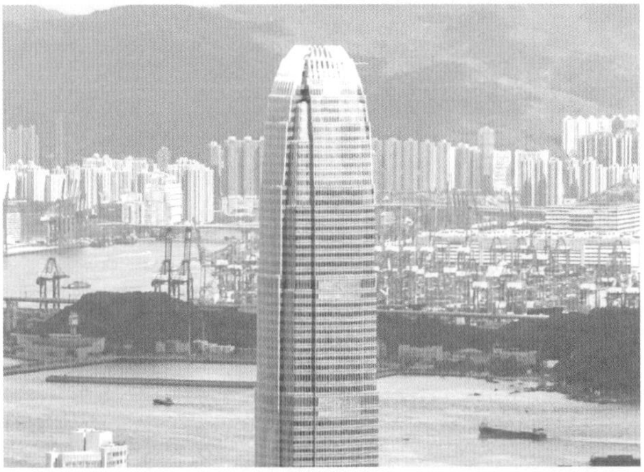

精煉效賢才
神龍沖飛天

精華經典在
確實無虛偽

精修粗疏策
準擬再闖峰

精光照千門
通途徑百達

本根基樹壯
質堅挺雄姿

本是頑強石
能耐饑寒迫

本非悲觀士
心正臥樂床

本有和平看
事滿理性明

本自強增值
領袖日成才

初生無繁俗
心性品純良

崇虛假無益
正持重立身

崇山靜隱士
高潔壓群芳

崇台記功德
敬佩存心床

崇情懷憐愛
尚善寬饒人

崇蘭吐溫馨
德望有安慰

崇高贖罪架
拜敬一真神

和風伴凡命
平安步一生

和雨慰藉人
藹若暖冬陽

和鐘鳴謝音
諧世人間喜

和氣消冷酷
解言釋風波

和暖冰封解
好友棄前嫌

和煙燻富貧
睦人不分級

和席瑤池宴
合座同共醉

和羹齊共享
樂而忘賓主

和月照滿城
談道入仁川

和弦歌頌奏
善聲響徹悟

和雲蓋平湖
順流快行舟

和花艷放妍
悅目賞當前

平時勤練功
安穩健康身

平生居於竹
常活清淡中

平明築靜廂
衡門內安穩

平分各等同
凡事無爭喧

平津世桃門
靜居綠田園

平處無偏見
定去傲慢心

直導引正門
言語無矯飾

直道箴言辭
達理助開竅

直以自主軍
率性任由人

純質秀瑤暉
樸素顏明麗

純固不添加
淨水無污塵

純素如初雪
白紙無污筆

純清瑩妙真
潔白討人緣

純雅頌讚香
美姿世殊榮

純誠一至尊
正直不曲折

純心洗滌惡
真性情中人

頑霧擋不住
強飛勝衰雲

頑軀靈不謝
抗奸消假冒

純忠直諫耿
良朋世難求

純貞不變節
品格無邪偽

立德興威路
志士明禮教

立身登高樓
功成自感滿

立石坐文山
身教獻育林

立雪動憐坎
德修義助人

立在污垢中
正心步光明

立仗困境戰
誓盡我本份

立詞定無娛
言行相一致

卓人攀高峰
越嶺勝景賞

卓錫不言棄

立挺高階前

卓行萬國境
見識廣博淵

悅賞銀河川
目極閃星塵

悅樂宴舊朋
心喜慶融人

賢言談笑生
淑氣充溫家

賢者必仁心
良人有情義

賢才懷忠勇
明君無所畏

賢關擋風水
慧聚智能增

賢聖登金閣
達人見宏觀

賢王多技藝
才子學養高

婉口出佳句
言有慈祥聲

婉畫敬愛書
謝客懷恩賜

新莘學子生
建學須認真

新我信真神
生命得救贖

新歲送舊塵
年春萬象新

新嘗改漏習
穎脫疏惰性

尚喜洋洋好
佳景氣漸濃

尚憶勵志願
賢聖無事難

尚留影朋誼
真情長存久

誠馳星河際
意氣日月存

尚能堅抗困
志向旭日升

誠能朗日照
信步入交心

誠為渡蒼海
懇意感霜露

誠明征遠道
實無虛幻想

誠久同相伴
摯友心共鳴

誠得遙相守
心盡熱衷情

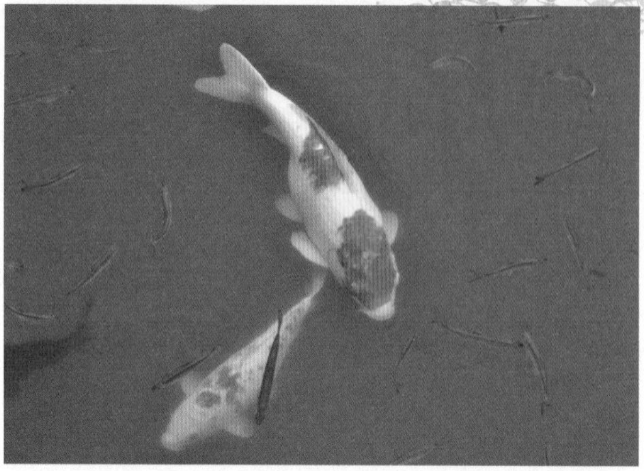

誠因性純樸
品清澈明智

誠感擔堅定
敬畏立當前

昌國欣向榮
盛世享太平

昌陽家喜悅
隆興樂滿園

志決克戰底
堅持終不懈

昌齡百千壽
平生自滿福

志協尋解憂
業必務蒸蒸

志不消沉望
向陽自豪人

志門多元化
趣自享陶醉

志逐焰紅日
氣懾服山河

志在理想現
願達有天成

志力排萬難
誠毅至得功

志欲向高峰
學子務專心

志不向功名
書讀盡平生

玉山隱優雅
泉活潔淨灑

玉舍似蓬萊
露滿甜蜜家

強起沖天浪
勁節無可禦

強信猛如龍
壯士雄獅膽

強中金剛堅
硬骨傲聳立

強如雷霆雨
烈風吹不倒

強別幼苗夢
勢壓萬種愁

強定解心鎖
大地任逍遙

強志立夢想
悍心自不弱

強展多才能
項王武勢強

泰和盛愉悅
安逸樂自怡

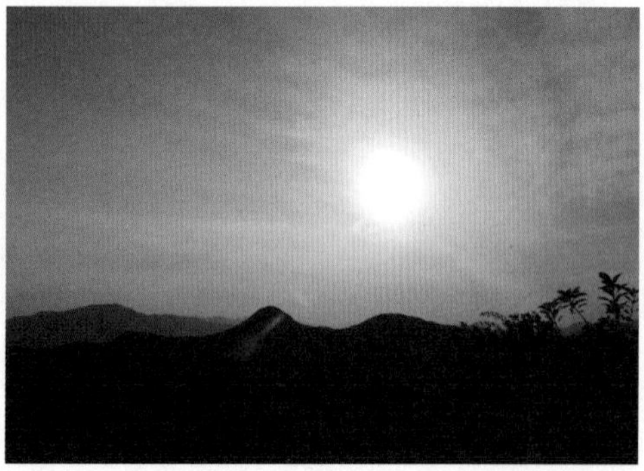

泰山立志堅
斗極萬人敬

泰道廣宏開
然猶自省知

思巧見虛空
考究辦證真

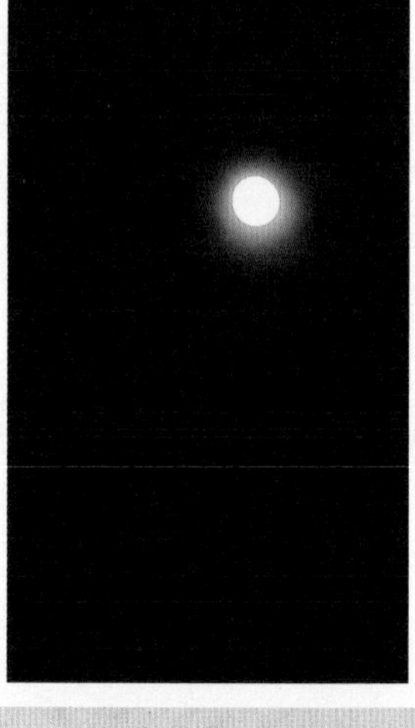

思家腸柔斷
念深切綿綿

思齊科技進
維新趨向前

思澀苦圓夢
索我自達全

思歸靈屬命
想覓伊甸園

思懷恩慈念
量涵寬容忍

思念養育情
親劬勞恩重

思迴百千誘
源深思雅俗

思從世炎涼
辨知明冷暖

思深獨立往
慕道向德光

思慮自律嚴
過錯慎重來

利盛向樂天
豐盈正人生

利徑直上仁
益津到身心

嘉樹立忠言
義列表群芳

嘉木乃良材
勉生勤有義

嘉言頌英姿
獎譽優秀才

利祿放淩霄
源歸入閒雲

嘉賞耀感動
許伴冠人前

率士氣蓋世
直入雄壯襟

嘉士福澤廣
祐人常平安

達此必耐戰
成功須苦幹

達人創業夢
標杆坐心頭

達解融洽議
觀風看世情

達士笑迎篷
意適快暢飲

率己真摯心
先入嘉玉台

率眾尊崇人
領袖先賢才

率言行慎重
真誠懇佳稱

融和長短見
合抱正負思

融融霜雪雨
化水液混同

融怡春回暖
洽醉花間舞

融結優劣等
入座共和存

融日園圃開
和氣一團聚

融雪無冰封
解消隔膜牆

融將沙成塔
匯聚木變林

祥風拂滿空
和氣度溫馨

祥花彩霞艷
光色襯濃妝

祥開早春花
瑞氣滿團圓

雅志入桃園
樂事享永年

雅媚麗影枝
琪花燦爛漫

雅潔不染毒
士不貪財帛

雅音正道韻
言實不浮誇

雅曲友情和
興來共追風

雅放身心空
正自復繁甦

雅意惜懷怨
量添千重峰

雅怡自覺醒
觀水清澈悟

行客慎言行
禮貌表敬心

行心恤同理
善言生歡樂

潔己惟仁善
淨域雅無污

朗然豁坦蕩
豪傑氣長存

行行創立新
樂趣妙生花

恆來清靜修
心一盡專注

朗詠冬傲枝
廷梅雪耐寒

潔身勤自愛
白玉水純良

恆言低解說
溫語慰藉愁

恆作反省過
常懷仁自勉

太虛神創世
初日見朝榮

隆中優才俊
德星耀銀川

隆寒互相持
盛立群雄結

隆名頌千古
昌譽得景仰

恆將書卷翻
久久歷常新

太和盡無窮
平安穩固生

太平共振翅
興室樂同窗

麗日晴朗空
質本艷陽姿

麗水谷中花
澤氣散幽香

麗人蘭蕙芳
影秀倩出塵

笑攬星河月
聲樂入九宵

笑向步登雲
臉含愉悅心

多應衷誠心
謝禮拜服人

多習技才能
元發智慧層

特地齊協力
快作效率高

特立廣視野
別有寬洞天

特製佳美饌
色香味皆絕

特自立剛強
質勇猛穩健

清光無陰暗
楚望全朗然

笑入仙夢境
容顏展開眉

清池伴青竹
澈水平湖心

清淨無貪腐
潔身能自愛

清秋罕雨灑
爽氣洗晦風

清景重整頓
理亂除廢垢

清光射德智
純行得耀輝

清寒殘雪滅
新芽綠草茵

清華淨自身
除舊迎新心

清波滔污襟
醒心退敗影

清風拂塵面
淡然無邪念

清陰蔽烈焰
涼風去世炎

清淨銀光月
白璧潔無暇

清濁不共存
廉潔守嚴謹

清景百花放
香飄灑人間

加點丹心意
油燈照暉光

加餐充能源
速馳飛騁馬

加我智勇氣
強能耐刻過

加意改效能
快作完事工

減盡心意亂
壓倒氣急躁

減却腦深憂
緩慢步賞花

減裝品專橫
省減煩惱火

生平不虛空
活我出姿彩

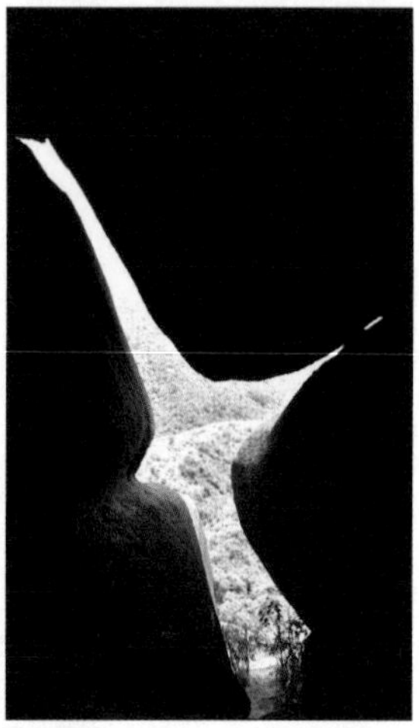

生入信主門
命可得永生

生居艷陽天
日出活彩虹

生士當知恥
產有心廉明

生涯頻自學
存思步正道

生下福東海
長安得勝景

生來趣活潑
動若跳脱兔

生持遊樂意
機雲自來去

習靜生活態
慣識恆有序

聖水洗滌垢
潔淨無罪污

聖君能智慧
人自愛不移

聖門善典禮
賢關心繫守

聖德十架恩
典衣冠萬民

聖景除暗處
明鏡照邪魔

聖主施憐愛
蹟顯勝生死

聖心向箴言
哲理金句存

中路山河集
心融百川流

中外巨暴風
正身不懼侵

中有羨傾慕
意藏心底蘊

中原春福潤
和祥世太平

白雪透通徹
天清朗晶瑩

記取師勸勉
得益銘記心

浪遊暢快歡
漫品人生夢

中林堅喬木
立石定盤龍

中峰崛直立
間關不偏倚

中園見芳草
視正看精明

白雲飄揚散
日高天澄明

白銀耀星殿

玉宇蜜蜂露

記詩表夢想

念我雄偉願

記情回深道
憶昔舊初心

記住勤學業
掛冠終可待

念友共碰杯
舊酒最香醇

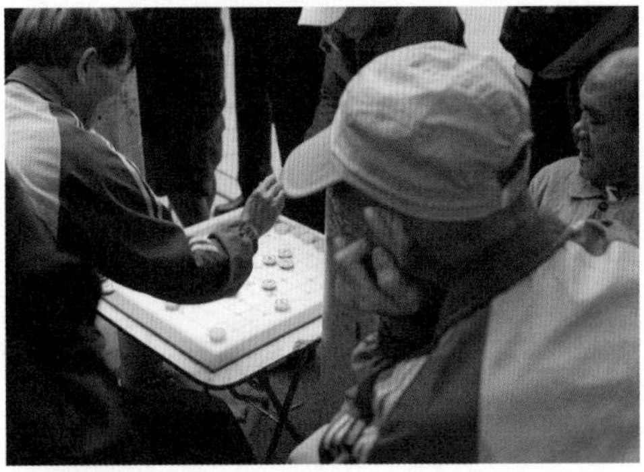

念我求學趣
力盡求本能

念起聖言詩
書中藏世情

學而勤習之
習靜莫嫌遲

學盡不知處
術通天下事

學得世間寬
業以廣視野

學知人渺小
問津不糊塗

學詩意句深
識得書經理

學人知仁善
行道通正門

學子忠孝道
養育念劬勞

學海渺無涯
成功雖苦幹

抗己負憂慮
壓折壞心靈

抗疏勤專注
擊碎散漫懶

抗宿翠山顛
災傷防風寒

抗論發自強
敵愁眉敗退

抗志排悲哀
病起頑強抵

抗節隆德勇
戰兢揮雄劍

患至到深淵
難中見扶持

省罷奢耗費
錢存渡重難

省歲送餘寒
思別淚經年

省身翻天去
略除殘破夢

省得展亂莖
事雜回歸順

省語同心賞
力破裂痕深

省風雨無誘
掉懶歸上勤

爭合百花香
妍姿殊榮眾

爭拂清淨空
氣魄蓋天地

爭渡過冰川
取路到瑤池

爭奈抗孤松
光滿萬席園

爭忍萬竿棘
勝進入千篷

豪英勇沖天
傑士坐高山

幸福島
屋企人個個都
健健康康
おいしい
お気に入り
金運御守
ALL THE BEST!
A Wish Come True.
金運御守
必勝御守

豪唱慈航歌
俠骨助貧民

豪麗彩霞光
華堂耀擎天

豪騎出逍遙
情盡去江湖

豪出俗寰宇
爽氣漫長空

護氣入青陽
理情兼顧身

護舟破浪花
航途齊搖掌

護兒擋火燄
養親愛寵之

護以嚴格律
法門牢固銅

護靜心平和
身臥安穩床

毅采上泰山
進入玉峰巔

文苑教風誠
化雨育英盛

文向冰雹雨
教坊迎寒戰

毅勇得精煉
力抗人粗疏

文石擁輝光
明珠響玉盤

文君得益命
學者豐盛生

文通東西匯
藝林多元和

福慶長流暢
氣息通歡呼

福地春草綠
澤國豐盛生

福圖見賞益
利達致人群

福從神降世
音書真理存

福田耕果滿
蔭濃護幼苗

鳴謝

吳志祺

鳴謝吳志祺先生，他的別號叫「吾在山」。志祺是一位典型穩重的人，他屬於山羊座，為人意志力強，喜歡腳踏實地做事，不容易受困難影響。他也是一個堅守原則和守紀律的人。

志祺的興趣是跑步，因為跑步可以訓練堅毅，他堅信毅行者一定有美好成果。志祺喜歡挑戰自我，他常常參加長途馬拉松比賽，藉此訓練自己剛強堅韌，他的戰績十分驕人，已獲八個全馬獎章，實在令人仰慕讚嘆。每逢練習他不怕沉悶，喜歡跑步獨立自處，從而了解自己，更自我探索思考。跑步練習可輕鬆聽歌，運動汗水也沖走了雜亂思緒，令人生正向。

志祺也喜歡行山，走過香港最美的地方，例如：嘗棚角咀、長咀、紅石門，馬鞍山，蚺蛇尖等等。志祺為深入發掘自己的興趣，毅然修讀了一個生態旅遊課程，在學習過程中認識了綠色旅遊。從前只注重紀錄上山頂的時間，現在學懂生態旅遊的真諦。志祺從課程中認識人和大自然是密不可分，郊野上的動植物都同人們有微妙的關係。有些郊野動植物都是珍貴罕見，然而牠們每天和人們生活在一起。他認識到大自然很多東西有待人們發掘，各種動植物各有所長和用處，應該讓不同的生命各自發揮自己的功能，因此他很提倡保護大自然。行山活動令他更愛香港的郊野，美麗的大自然是一道解煩忘憂竅門，當處其中便一洗塵囂煩惱。志祺人緣甚佳，閒暇相約朋友聚會，閒話家常，彼此懷念青葱歲月的趣事。

我非常感謝吳志祺先生借出大量漂亮相片版權給我，而且他更成為一道橋，幫助我向他的朋友李遠生借大量精美相片版權。他們給我很大的鼓勵和支持，我榮幸能將他們的照片成功收入詩集，而且我確信能夠完成此詩集是少不了他們的幫忙，志祺與遠生令我深感榮耀，再次向他們致謝！

文彥熙（Jason Man）

鳴謝彥熙世侄，他是一位俊俏少年郎，平時我親切地叫喚他的外號「大眼仔」。他自幼深受庭訓，品學兼優，為人穩重，學藝資優。

彥熙喜歡攝影，在科技數碼世界中他卻迷上傳統的菲林攝影，常常相機不離身旁。他現時在英國進修，也不忘在家居自設沖洗菲林工作間。彥熙可以被稱讚為一個藝術完美主義者，每事親力親為，他對藝術的執著，令人讚揚。他喜歡穿梭城市之中，隨時隨地在街上拍攝人物百態，偶然也喜歡捕捉自然風景。他的拍攝技巧出色，不論光影、線條、構圖、角度、深度等等都擁有個人的獨特風格。

彥熙亦熱愛音樂，自少學習鋼琴，以音樂自娛。現時於英國留學進修，閒暇也喜歡聽收音機、聽音樂和看電影。

我非常感謝彥熙世侄，借出相片版權給我，他給我很大的鼓勵和支持，我榮幸能將他的照片成功收入詩集，而且我確信能夠完成此詩集是靠他的幫忙，我深感榮耀，再次向他致謝！

鳴謝

周寶怡

鳴謝周寶怡老師，熟悉她的人便會簡稱她為「周寶」。這個簡稱就是名副其實，她是周圍眾人的寶貝。她是我的同事，她任教英文科，也是輔導組組員。

寶怡是一位眼睛明亮而靈活、漂亮的淑女，舉止優雅，我曾經寫一首名字去讚美她，現在再借用《詩經・碩人》的句子「燦如春華，皎若秋月」來形容她。她為人和藹可親，十分友善，常常掛著甜美的笑容，她對學生的關心無微不至，極度受學生愛戴。

寶怡的生活態度很認真，她對人十分恭敬有禮，工作態度十分細心慎重，遇上困難不會輕易放棄。寶怡在閒暇的時候喜歡玩樂，她常常與朋友遠足和潛水，享受優美的大自然，也喜歡獨自享寧靜。然而寶怡也喜愛熱鬧，閒時喜歡與朋友聚會、關心和分享，她是一個很好的聆聽者，能夠為人分憂，也安慰別人。

寶怡為人內斂，十分害羞，不善於交際，她在陌生環境下不會主動只會沉默，所以短暫時間不太懂得表達溝通，其實與她混熟後，便溝通無阻，十分親切。我與寶怡只共午餐數次，大家已經混熟了。希望日後大家可以有更多機會一起玩樂，同行有您。

寶怡是優秀英文老師，我非常感謝她。她借出美麗相片版權給我，她給我很大的鼓勵和支持，我榮幸能將她的照片成功收入詩集，而且我確信能夠完成此詩集是靠她的幫忙，我深感榮耀，再次向她致謝！

盧婉雯

鳴謝盧婉雯小姐，她是一位漂亮精緻、活潑好動、積極正向生活的人。婉雯人如其名為人溫順文雅，她個子嬌小，常常掛上甜蜜的笑容，一張含蜜的小嘴巴喜歡在眾人前滔滔不絕，幽默無章的説話總是討人歡心，成為眾人的寵兒。

婉雯的興趣多元，她不怕艱苦，勇於嘗試戶外和戶內活動，從不同的活動中學習堅強，她曾參加馬拉松比賽，據悉她已跨出香港挑戰國際比賽，她所得的成就更是令人嘖嘖稱奇，跑步、行山、瑜珈等等，十分超卓。

婉雯閒時喜歡聽歌和彈小結他，藉此陶冶性情。婉雯為人和善仁慈，人際關係很好，她對長輩老師極度尊重。她生活態度很謹慎，做事有智慧，不會強求名利，喜歡樂助隨緣，希望以身作則「説好話、行好事、存好心」， 能夠為人分憂，也安慰別人。

我非常感謝婉雯，她借出精美相片版權給我，她給我很大的鼓勵和支持，我榮幸能將她的照片成功收入詩集，我深感榮耀，再次向她致謝！

鳴謝

江可晴

鳴謝江可晴，她是一位堅強、開朗、純品的女孩。她喜歡嘗試去闖，不怕困難和失敗，她不會半途而廢，會堅持努力嘗試，直到得到滿意成果。

可晴在學習成長中，擁有正向人生觀。她認為學業成績表不是代表全部，她喜歡參加不同課外活動，藉此擴闊視野。她很喜歡旅遊，因為外遊能夠放鬆享受，而且可以學習不同的文化，更可以了解不同人的小故事。

可晴雖然年紀輕輕，但她有很多高高低低的經歷，每一次的跌倒也令她增加經驗，不怕挫敗，頑強地繼續再戰。她的志願是活出快樂自我，而不是擁有高薪厚職或名利豐盛。

我非常感謝可晴，她借出漂亮相片版權給我，她給我很大的鼓勵和支持，我榮幸能將她的照片成功收入詩集，我作為她的老師也深感榮耀，再次向她致謝！

江穎珈

鳴謝江穎珈，她是一位天真可愛、爽朗、勤奮的女孩。她人際關係和溝通能力都很好，很喜歡認識新朋友，也善於互動交流。她閒暇會相約朋友逛街，閒逛也不忘觀察民眾生活細節。

穎珈的興趣是演話劇，每當有不同的角色扮演，她便會享受舞台演出，會全程投入忘卻自我。她喜看電影，藉此學習演技。

我非常感謝穎珈，她努力幫忙聯絡，最後她借出一張相片版權給我，她給我很大的鼓勵和支持，我榮幸能將她的照片成功收入詩集，作為她的老師我也深感榮耀，再次向她致謝！

鳴謝各位好友

李遠生　霍氏世侄　陳韻媛
劉慧雅　敦堯　璦偲

鳴謝各位校友

荔景天主教中學

85-86 年度 1B 班校友
85-86 年度 3B 班校友

沙田崇真中學

16-17 年度 6E 班校友

張櫻丹　朱子熙　馮經博
莊曉楠　袁嘉希　區朗忻
梁浚澤　麥凱童　陳海盈
鍾湘兒　李　悅　黃彥童
周詠嵐　陳卓瑩　陳寶琳
褚凱琳　金樂怡　黎朗晞

現代香港詩之

詩詞能啟思遠道
相邀共看想正途

作者 **曾玉美**

作者聯絡電郵 ymtsangmay@yahoo.com.hk

作者聯絡 wechat ID ymtsangmay

編輯 **Margaret Miao**

插圖及封面設計 **許慧琳**

聯絡電郵 huiwai408@gmail.com

設計 **VN Chan**

出版 **紅出版（青森文化）**

地址 香港灣仔道 133 號卓凌中心 11 樓

出版計劃查詢電話 (852) 2540 7517

電郵 editor@red-publish.com

網址 http://www.red-publish.com

香港總經銷 **聯合新零售（香港）有限公司**

出版日期 2021 年 12 月

圖書分類 中國文學 / 詩集

ISBN 978-988-8743-58-2

定價 港幣 200 元正